本番、5秒前

Ai Satoko
砂床あい

ILLUSTRATION Ciel

CONTENTS

本番、5秒前

東京港区にある民放局ＪＢＣのメインスタジオ。本番中の赤ランプがついたドアの内側は、生放送ならではのピリッとした緊張感が漂っている。

ウォールナットの無垢材とガラスで組まれたセットの中、中央の巨大なモニターをバックに、背筋を伸ばして座るのはメインキャスターの戸倉一士だ。少し離れたその左隣に解説キャスター、右側にはサブキャスターを務める真宮琉生が、それぞれカメラに視線を向けている。

「――ニュースブランチ・ナイトテン、今夜はこれで失礼いたします。また来週、月曜の同じ時刻にお会いしましょう」

爽やかな笑みを浮かべ、戸倉が落ち着いたトーンで締めの言葉を口にする。

知性を感じさせる端整な顔立ちに、スーツの映える長身痩軀。戸倉が醸し出す爽やかで品のいい雰囲気は、お茶の間の奥様方からビジネスマンまで、全方位に受けがいい。堅さと親しみやすさの絶妙なバランスも、卒のないコメント力も、すべてを兼ね備えたアナウンサーと言っていいだろう。国営放送ＪＨＫから鳴り物入りで民間放送ＪＢＣに移籍するなり、ナイトテンのメインキャスターに就任した実力の持ち主だ。

「おやすみなさい」

緩やかなカーブを描くビーンズ型の長テーブルに軽く手を載せ、琉生は華やかな笑みを浮かべて他のふたりと口調を合わせる。番組終了のキャッチが流れ、「ＯＫでーす」とタイムキーパーの声が響いた瞬間、スタジオ内の張り詰めた空気が一気にほどけた。あちこちからスタッフの声が飛ぶ。

「お疲れさまでしたぁ」

駆け寄って来た若い音声スタッフにマイクを外され、琉生は大きく息をついた。

生放送という緊張からの解放感だけではない。

サブキャスターとして戸倉の隣に座るようになってから、今日で五日目。

初日に少し喋らせてもらった程度で、翌日からはコーナー紹介くらいしか仕事をしていない。喋らせてもらえない、と言ったほうが正しいだろう。

渡されるニュース原稿はメインキャスターがすべて読み、話題を振られない限り、琉生が口を挟む隙はない。現場を仕切るフロアディレクターに「その辺の裁量は戸倉くんに任せてあるから」と言われてしまえば、後から現場に入って来た身としては黙るしかない。

「せっかく代打で席もらったのに、座ってるだけですみません」

自虐がつい口を衝いて出たが、音声スタッフの男性はにっこり笑った。

「そんなことありませんって。視聴率もキープしてますし、真宮さんのスーツ姿、評判いいですよぉ。産休に入られたアンパン…安堂（あんどう）さんもアイドルアナって呼ばれてましたけど、なんと言っても真宮さんは本物のアイドルですから！　座ってるだけで華があります！」

「…………」

他意はないと自分に言い聞かせながらも、愛想笑いを貼りつかせた口許がわずかに歪む。

大手プロダクションであるGJA(グループ・ジャパン・エージェンシー)からアイドルグループ『P-LieZ(プライズ)』の一員として華々しくデビューしたのは二年近く前のことだ。

年の離れた実姉は有名モデル、実妹は天才子役と誉れ高い姉妹に挟まれた琉生もまた、子供のころから整った容姿を認められ、いくつもの事務所から声が掛かっていた。

だが、最大の計算違いは、人たらしで天才肌の姉妹に比べ、琉生にはこれといった才能も愛想もなかったことだろう。姉妹が所属する大手事務所のグループ会社であるGJAに所属したはいいものの、何年もレッスンばかりの日々が続いた。

姉妹とも共通する華やかな顔立ちと、長い手足。くっきりとした二重の瞳は桃花眼(とうかがん)と呼ぶらしい。細い身体と色白で小作りな顔は、陰で共演者泣かせと言われている。

見た目だけは人一倍目を引くぶん、余計にがっかり感が増すと何度言われたか知れない。

GJAの取締役である根木(ねぎ)に声を掛けられたのは、そんなふうに腐りかけていた時期だった。高校の卒業式後、ふらりと事務所に立ち寄った琉生を見て、根木が鶴の一声を放ったのだ。

『きみさ、歌って踊れるアイドルグループに興味ない？　俺がプロデュースするんだけど』

演技などあらゆるレッスンを受ける中、歌とダンスに楽しさを見出していた琉生にとって、ダンス&ボーカルグループへの加入は願ってもないチャンスだった。

『俺が後ろ盾についていれば、どんなタレントも売れるよ。俺が売ってみせる』

そこからはとんとん拍子に話が進み、アイドルとしてデビューが決まった。

活動に専念するため大学を休学し、現在はグループ内で王子様的立ち位置の、正統派アイドルとして売っている。

だが――。

（所詮、ただのお飾りで構わない、ってか）

琉生は目を伏せた。

「……ま、俺なんかよりアナウンサーのほうがよほど華やかですけどね」

自虐に潜む棘に、スタッフもようやく気づいたらしい。メインキャスターの席を見ながら、慌てたようにフォローする。

「いや、まぁ、タイプは違えど、キャストの見た目もナイトテンの売りのひとつですから」

ＮＢ22――通称「ナイトテン」。

平日の二十二時から約一時間半ほど放送されている報道番組（ニュースショー）だ。各局この時間帯は常に熾烈（しれつ）な視聴率争いを繰り広げているが、ナイトテンだけは頭ひとつ抜けている。

彼が言うようにキャスターを美男美女で揃えていることも一因ではあるだろう。メインを張る戸倉は言わずもがな、元々サブキャスターを務めていた安堂みそらも美貌で名高い人気女子アナだ。

アンパンというニックネームで親しまれていた安堂が、秋から産休を取ることになり、その後釜に急遽、据(す)えられたのが真宮琉生だった。

有力視されていた新人アナを押し退け、わざわざキャスター経験もない売り出し中のアイドルをサブキャスターに据えた理由など、「忖度(そんたく)」以外にない。

交友関係が広くヤリ手で通っている根木は様々なコネクションを持っている。嘘か誠か、業界内では「根木の機嫌を損ねるな」という噂さえあるらしい。

そんな根木がいま、一番目を掛けているのが「P-LieZの真宮琉生」だということも、陰では周知されているはずだ。

「どうもどうも、真宮くんお疲れさま」

控室に戻り、一息ついたところで肩掛けカーディガンの男性が訪ねて来た。

ナイトテンの番組プロデューサー、真崎(まさき)だ。畏(かしこ)まって頭を下げるマネージャーの石黒(いしぐろ)を横目に琉生が立ち上がる。

「お疲れさまです、真崎さん」

「さすが、めぐちゃんの弟クン。メイク落としても肌整ってるねぇ。ああ、挨拶とかいいからいいから、ちょっとふたりにしてもらえる？」

一瞬どきりとしたが、注意やクレームという雰囲気ではなさそうだ。石黒がいなくなると、真崎は化粧台に凭れながら「もう慣れた？　困ってることない？」などと気さくな様子で話し掛けて来た。

「はい。まぁ、ぼちぼちです」

テレビの前で、大っぴらに兄妹関係を話題にすることはＮＧにしてもらっていろ。便乗商法と誹られるのが目に見えているからだ。しかし、カメラのないところでのこうしたやり取りはいまだ珍しくない。

「そうかぁ、ならよかった。あ、聞いてると思うけど、このあとの真宮くんの歓迎会さ、俺ちょっと遅くなりそうだから、マネージャーさんと先に行っててくれる？」

——歓迎会。

言われてみれば、そんな予定を石黒から聞いた気がする。すっかり頭から抜け落ちていたが、そんな事はおくびにも出さず、琉生は笑顔で頭を下げた。

「わかりました。気を遣ってもらっちゃって、なんかすみません」

「いいっていいって、一週間の反省会とかスポンサーさんの接待も兼ねてるし。僕らは朝まで貸し切りコースだけど、キャスター陣は一次会で抜けてもらっていいから」

ナイトテンはＮＰホールディングスによる一社提供で放送されている。言わずと知れた日本の大企業だ。

芸能界と反社会的勢力の縁は切れて来たものの、こうしていまだに盛り上げ役として芸能人を酒席に呼び出すセレブやタニマチは少なくない。接待と称し、事務所の人間がタレントを連れて参ずることさえある。起用される側にとっては、そうした場で愛想を振り撒くことも仕事のうちと割り切るしかない。

「ありがとうございます。喜んで参加させてもらいます」

事務所から設定されたキャラそのままに、琉生は王子様チックな笑顔で頷いた。

スタートがてっぺん超えなら、一次会で抜けたとしても帰宅するのは明け方になるだろう。内心ではうんざりしながら、出ていこうとする真崎をふと呼び止める。

「……その歓迎会には戸倉さんも参加されるんですよね？」

「勿論だよ！　メインキャスターなんだから」

「ですよねー……」

浮かない様子に気づいたのか、真崎が戻って来て声を潜める。

「そういえば、ふたりが話してるとこ見たことないけど。ひょっとして仲悪い？」

「いや、そんなんじゃ……ただ、とっつきにくいっていうか。オンエア前はみんなピリついて話す雰囲気じゃないし、終わった後も即行アナウンス室に戻っていくし」

本音を言えば苦手なタイプだ。初顔合わせでニュース原稿を一枚渡され、読み上げを要求されたことだけは強烈に印象に残っている。だが打ち合わせ中は無論のこと、いまだ私的な会話を交わしたことはほとんどない。そのくせ、ＣＭ中やふとした瞬間に気づくとこちらを見ていて、目が合う前に視線を逸らされる。

言いたいことがあるなら面と向かって言えばいいのに、取りつく島もない。

「まぁ、彼も半年前に局を移籍して来たばかりだし、あんまり芸能人とつるむタイプじゃないしねぇ。でも、意外だなぁ。彼、物静かに見えて人当たりはいいんだよ。バシッとした物言いはするけど共演者とはうまくやるタイプだし、業界内でも悪い噂は聞かない」

真崎は戸倉と腹を割って話せる間柄らしい。人見知りというわけでもあるまいに、戸倉のそっけない態度が解せない。

「アイドルが嫌いとか」

「まさか。昔、七光りだけの二世タレントとか、枕でのし上がったような芸能人は嫌いって聞いた気はするけど……あ、真宮くんがそうだって言ってるんじゃないよ？　ま、これから一緒に番組を盛り上げていく仲間なわけだし、この機会に仲良くなっといてよ」

「ハハッ。そうっすね、じゃまた後ほど」

笑みを浮かべたまま真崎を部屋から追い出し、扉を閉めて盛大に舌打ちした。

（なにが、仲良く、だよ）

普段の冷たい視線といい、原稿を読ませない仕打ちといい、いまの話ですべて合点がいった。

アイドルが嫌いなのではなく、戸倉にとっては琉生こそが嫌いなタイプだったのだ。

「……どおりで、あの態度なわけだ」

今回の異例の抜擢に、業界内でも様々な憶測が飛んだことは知っている。

噂を鵜呑みにして、プロデューサーに媚びを売って仕事をもらうアイドルという目で琉生を見て来たのだろう。

実際、枕でのし上がったという事実はない。

だが、潔癖な人間から見れば似たようなものかもしれない。根木の寵愛なくして、いまの琉生――否、P-LieZはないのだから。

「……では、新キャスターの真宮くんを歓迎して、乾杯」

歓迎会を兼ねた接待とやらは、赤坂にある高級飲食店の個室を貸し切って行われた。

この店はスポンサー企業のグループ会社が経営に関わっているらしい。酒類も豊富で店内は少人数のパーティーなら開けそうなくらい広い。

ナイトテンのレギュラー出演者と番組プロデューサー、そしてスポンサー企業の社員数名がテーブルを囲み、開始直後から石黒は名刺交換で忙しそうだ。放送前に口にした弁当が重かったこともあり、琉生は酒だけを黙々と口に運んだ。

「戸倉さん、お疲れ様です」

「アルコールは結構です」

「え、あっ。そうでしたね」

　斜め向かいに座る戸倉には、ＮＰホールディングス側の女性社員が張りつき、ひっきりなしに話し掛けている。スポンサー企業の中には、出演タレントを目当てにこうした接待について来る人間もいなくはないが、彼女は明らかに戸倉目当てで来ている様子だ。言ってはなんだが、どちらが接待されているのかわからない。

（よく相手してるな……）

　自分のことは無視するくせに、スポンサーには嫌な顔ひとつ見せずに対応している戸倉の姿を見ていると、なんだか腹が立って来る。元から不愛想というわけではないのに、琉生に対してだけ、あからさまに態度が冷たいなんていったいどういう了見なのか。

「なんかおとなしいね、真宮くん。みんなとは仲良くなれた？」

「いや……まぁ……」

　黙りこくっている琉生が孤立しているようにでも見えたのか。真崎が気を使って話し掛けて来た。

「そういえば週末、フェスかなんか出るんだっけ？　お酒、大丈夫？」

「平気です。家系的に強いみたいで、二日酔いもしたことないです」

アルコールの代謝能力が高い体質は遺伝らしい。どれだけ飲もうが吐くこともなければ、翌日に残ることもない。酔ってもせいぜい眠くなる程度だ。

（あっつ……）

話を合わせながらネクタイを襟から抜き、丸めてポケットに押し込んだ。

好評だとスタッフからは言われたが、二十歳の自分が着ると、やはりまだ着られている感が否めない。今日は他に仕事が入っていなかったから、少しでも慣れようと自宅からスーツを着て来た。だが戸倉と並ぶとまるで上司と新入社員のようで、それもまた面白くない。

「戸倉くん、こっち来て話そうよ」

女性社員が席を立ったタイミングで、真崎が戸倉を手招きした。

（ゲッ）

琉生のことなど眼中にない様子だったが、それでもプロデューサーの声掛けには反応するらしい。顔を引き攣らせた琉生をよそに、戸倉は名刺入れを内ポケットにしまいながら、傍にやって来た。

「お疲れ様です」

「お疲れ。いま真宮くんと話してたんだけどね。戸倉くんどう、人気上昇中のアイドルと、一緒に番組やってみた感想は？」

反省会なんて後づけの口実だろうと高をくくっていたが、そうでもないらしい。軽い調子で尋ねた真崎に、戸倉は逆に聞き返した。

「アイドルだから、なんなんですか？　少なくともナイトテンのキャスターとしては話になりません」

「おおっと、きっついなぁ。まだ一週間だよ？　先輩として、真宮くんになにかアドバイス的なこととかさ」

「助言なんてしても意味ないでしょう。アイドルだろうとなんだろうと、彼のような人間にキャスターをやらせること自体に無理がある」

琉生が目の前にいるにも拘(かか)わらず、ばっさりと切って捨てる。

元々の性格なのか、それともよほどナイトテンへの琉生のキャスティングが気に入らないのか。だが琉生にはまるで、アイドルごときに報道が務まるかと言われたように感じられて、イラっとした。

——アイドル、アイドルって……。

勢いよく酒を飲み干し、音を立ててグラスを置く。空気を察した真崎が、慌てた様子でフォローに回った。

「まぁまぁ、初鳴(はつな)きからうまくやれるキャスターなんて戸倉くんくらいだよ。ＪＨＫ入社当時からすでにきみ、業界じゃちょっとした有名人だっただろ」

「真崎さん、その話はもう」

――うるさい。

ネット上のアンチのみならず、業界内でも琉生のことを「顔だけ」と揶揄する輩は少なくない。「中身が伴っていない」とか、「アイドルが安易にキャスターを名乗るな」とか。

メインキャスターとして思うところがあるのなら自分に直接、言えばいい。少なくとも、アイドルというだけで見下されるいわれはない。

「……ニュース原稿を読むくらいのことでもったいぶるなよ」

低い呟きは周囲の雑音に紛れることなく、戸倉の耳に届いたらしい。

すっと背を伸ばしたまま、戸倉がようやく琉生を見た。髪と同じ艶黒の瞳に、据わった目の自分が映り込んでいる。

男性アナウンサーランキング殿堂入りを果たしただけのことはある、迫力のある美丈夫だ。みぞおちに力を入れて睨み返すと、ふいに戸倉は奥二重の目を細めた。

ほんの一瞬、素の表情を覗いた気がして見入る。だが次の瞬間、形のいい唇から発せられたのはきつい一言だった。

「原稿もろくに読めないくせに、女を口説くことだけは一人前のやつに言われたくないな」

「は？　俺がいつ……」

負けじと反論しかけ、すぐに思い至った。

水曜だったか木曜だったか、ナイトテンのお天気キャスターに廊下で呼び止められたのだ。それなりに可愛かったから、乞われるままに連絡先を交換した。何度かやり取りはしたものの、やましいことは「まだ」していない。むしろ、あんな一瞬のやりとりを見ていたなんて、自分に興味がないわけではないようだ。

「あー、あれ？　さすが、意識高い系は目配りもできますってか。でも共演者とＳＮＳでやりとりするくらい別に普通っしょ？」

「ちょっと、真宮くん……戸倉くん、彼お酒入ってるから」

不穏な空気を感じた真崎が、取りなすように割って入った。

普段の自分なら、面と向かった相手に好戦的な態度で接するなんてことはしない。真崎が言う通り、酒が入って気分が高揚しているのかもしれない。

「わかっていますよ、真崎さん。ただ、スキャンダルでも起こされたら番組の名に泥を塗ることにもなりかねません。僕がメインを張らせてもらってる以上、そこは注意させでもらいます。先輩として」

やはり、この男とは仲良くなれる気がしない。

席を立とうとしたときだった。

「お話し中すみません！　真宮くん、ちょっといい？」

少し前に席を外していた石黒が、慌てた様子で戻って来た。廊下で電話をしていたらしい。なにかトラブルだろうか。琉生は席を立ち、石黒とともに部屋の外に出た。

「悪いんだけど、今夜はタクシーで帰ってくれるかな」

「いいけど、なんで」

廊下でこそこそと話しながら、石黒がスマホの画面を見せる。

「キョウスケだけ、既読にならないんだ。電話も繋がらない。また体調を崩してないか心配で」

五六京介（ふのぼりきょうすけ）はグループ内で一番年上のメンバーだ。アイドルのくせに愛想がなく、どこか斜に構えた性格と、細マッチョな見た目に反して病弱なところが、マネージャー的に目を離せないらしい。

「寝てるだけだろ」

「明日のこともあるし、ちょっと様子見て来るよ。帰ったらちゃんと連絡するように。明日の朝また部屋まで迎えに行くから寝坊しないで」

「……。りょーかい」

明日は「Ｂ＆Ｇ（ボーイズアンドガールズ）アイドルフェスティバル」のリハーサルが入っている。年に一度、お台場で開かれる大規模アイドルイベントだ。P-LieZの出演は日曜の午後、それもかなり後の方だったはずだが、琉生は過去に何度か寝坊の前科がある。

(……そんなに心配なら、キョウスケについてくれて全然いいんだけどな)

石黒はP-LieZ全体のマネジメントをひとりで担当している。琉生だけについている個人マネージャーというわけではない。

ただ、いまのところP-LieZのメンバーの中で、毎日生放送を抱えているのは琉生だけだから、必然的に張りつく時間が多くなっているだけのことだ。

「僕がいないからって羽目を外さないようにね。ああ、戸倉さんにもご挨拶して帰らなきゃ。琉生のこと、くれぐれもよろしくって」

「ハァ？　いいって、毎日うんざりするほど会ってるだろ」

「駄目だよ。ほら、ちゃんとして。酔わないからって、また声出なくなるまで飲まないように……」

「うるさいな、あれからちゃんと気をつけてるって」

歌番組の収録前日に、調子に乗って飲みすぎたのは先月のことだったか。なんとか口パクで乗り切ったが、石黒はマネジメントがなっていないと上層部から絞られたらしい。

「ただでさえ遅刻が多いんだから……あ、戸倉さん！」

石黒に腕を掴まれ、強引に戸倉の前に連れていかれる。

「少し事情がありまして、僕はお先に失礼させていただきます。せっかく皆さんと打ち解ける機会ですし、真宮はこのまま置いていきますので」

「構いませんよ、それよりなにかトラブルでも？　タクシー呼びましょうか」

「いえ、お気遣いなく。それよりどうか、うちの真宮にいろいろ、教えてやってください。まだ二十歳ですし、未熟な面もありますが……伸びしろはある子なので」

戸倉から視線を外し、琉生は居心地悪そうに目を泳がせる。

まるで過保護な母親だ。もっとも、アラフォーの石黒から見れば、P-LieZのメンバー全員が子供みたいなものかもしれない。デビュー前からの付き合いともなればなおのこと、公私ともに明るい部分も暗い部分も知り尽くされている。

「番組としても成長を楽しみにしています」

今後ともご指導よろしくお願いします、などと頭を下げて石黒は帰っていった。よりにもよって戸倉に面倒を見てやってほしいなどと、冗談にもほどがある。

「まだハタチ、か」

失笑を含んだ声で戸倉が鸚鵡（おうむ）返しする。即座に視線で牽制したが、どうにもしまらない。石黒の監視がないならなおのこと、早々に抜け出そうと思っていた。だが、いまこの場から立ち去されば、逃げたと思われそうで癪に障る。

上から目線の嫌な奴でも、安堂の産休が明けるまでは一緒に仕事をしなければならない。もっとも、それまでに降板させられなければ、の話だが。

「飲めよ」

空のグラスになみなみと酒を注ぎ、ドンと戸倉の前に置く。

「断る」

「男アイドルの酌は飲めないのかよ」

「酒の強要はハラスメントだ」

「あんたが俺にしてることだってパワハラですぅ」

「してること？」

「番組中。コメントぜんぶ取り上げて、俺にほとんど喋らせなかった」

気づけば互いに敬語が外れ、素のままで会話をしていた。

さっきまで大勢いたスタッフやキャスターたちも席を移り、テーブルには自分たちだけになっていた。みな、ふたりの会話を邪魔しないようにと気を遣ったのだろうが、とんだ勘違いだ。

ややあって、戸倉が深い溜息をつく。

「自分がどのレベルにいるかもわかってない人間には、なにを言っても無駄だな」

言うが早いかグラスを掴み、一気に中身を飲み干した。これで気が済んだかと言わんばかりの顔で琉生を見る。

「参考までに。酒の席でイキるガキに舐められるほど弱くはない」

飲まないだけで、飲めないわけではないと言いたいわけだ。

「……へぇ」

どうやらイケる口らしい。堅いだけの冷めた男かと思いきや、年齢相応に熱い部分もあるようだ。琉生はにんまり笑い、自分のグラスに同じだけ注ぐと勢いよく煽った。

「てか、ガキっつってもあんた俺と八歳しか歳の差ないじゃん」

「精神年齢はもっと開きがありそうだな」

酌をしようとすると、戸倉はグラスをテーブルに伏せた。

これ以上、安い挑発に乗る気はないようだ。しかし、琉生もまたここで引き下がるタイプではない。お構いなしに新しいグラスに酒を注ぎ、戸倉の前へと押しやる。

「酒が入らないと話せない本音もあるだろ」

「飲まないと本音で話せないような相手とは、最初から相容れないと思っている」

「アナウンサーってみんなあんたみたいに口が減らないわけ？」

「答える義務はない」

ここまで徹底されると、ムカつくを通り越して清々しい。

琉生は左の口角を上げ、テーブルに身を乗り出した。

世間が抱いている戸倉一士のイメージは、知的で物腰柔らかなアナウンサーだ。だがカメラを意識しない場面では演じる必要がない。これが彼の素の部分だとしても、琉生に対してはに当たりがきついように感じるのは自意識過剰というものだろうか。琉生が直接、戸倉になにかしたならまだしも、個人的な好悪でぞんざいな扱いを受ければ、こっちだって噛みつきたくもなる。

「一週間の反省会。イケる口ならさ、腹割って話そうぜ」

どうせ、最初から嫌われているのだ。こっちも遠慮はいらない。それどころか、いま以上に、嫌われることを心配しなくていいのだから、ある意味、付き合っていくのが楽な相手でもある。ついでに酔い潰して弱みのひとつでも握れれば、今後の力関係が変わって来るかもしれない。

気づいたときには、ベッドに横向きに寝かされていた。

部屋は薄暗く、絞った枕元の照明だけが、ぼんやりとした光の輪を広げている。微かな空調の音と、冷蔵庫の稼働音。夢見心地のまま、掠れた声で呟く。

「どこだ、ここ」

「Aシティホテルだ」

「！」

がばりと起き上がる。

窓際の椅子に、長い脚を組んで座っている戸倉が見えた。

一瞬で記憶が蘇(よみがえ)って来る。

酒席で喧嘩をふっ掛けた末、飲み比べを挑んであえなく返り討ちにあったのだ。言い訳にもならないが、慣れない仕事の気疲れも手伝ってか、いつもより酔いが回るのが早かった。反省会の内容もほとんど覚えていない。戸倉は、子供みたいに眠ってしまった琉生をタクシーに乗せ、近くにあったAシティホテルまで担ぎ込んだらしい。

ありふれた内装から見ても、ここがシングルユースのホテルの一室なのは間違いない。

「あ……え……わ、悪……かった」

互いに相当量を飲んだはずだが、戸倉は顔色ひとつ変えていない。酒で失態を犯したのは自分だけ、しかも酔い潰そうとした相手に介抱されるなどありえない。

「平気そうだな」

戸倉が立ち上がり、枕元に置いてあったペットボトルの封を切って差し出した。あまりに自然で慣れた仕草にぽかんとしたが、「飲め」と言われて我に返った。

「てか、なんでいるんだよ、置いて帰ればよかったじゃん」

常温の水で喉を潤(うるお)し、濡れた口許を手の甲で拭う。初めてふたりきりで話したのが、こんな機会でなかったら、もっと言いようもあっただろう。迷惑を掛けた上に、だらしなく眠りこけた寝顔を見られていた恥ずかしさも手伝って、つい憎まれ口をたたいてしまう。

「急性アルコール中毒で死なれでもしたら番組が終わる」

心配したわけではなく、あくまでも番組のためと言いたいようだ。

琉生が目を覚ますまで傍にいたのも、万が一のリスクを考えてのことらしい。どれだけ深酒しても吐く体質ではないが、戸倉はそんなことは知らない。

「チェックアウト、忘れるなよ」

やっと帰れると言わんばかりに背を向け、戸倉は鞄と上着を手にした。

ここで帰られたら、大きな借りを作っただけになってしまう。まだ言いたいことの半分も言えていない。琉生はベッドから飛び降り、戸倉の前に立ちはだかった。

「まだ、なにか」

「……そんなに、気に入らないわけ？」

「なにがだ」

俺のことが嫌いなんだろ――喉まで出かけた言葉を、すんでのところで飲み込む。

「俺が……キャスティングされたことが、だよ」

嫌われていることも、その理由も知っている。いまさら誤解だのなんだのと言い訳するつもりもない。

ただ、ファンや視聴者の前で、理不尽な扱いを受け続けることに納得がいかない。

「別に。この業界じゃよくあることだ」

予想に反して、戸倉の答えは冷めていた。あたかも当然のように、いちいち制作側に文句を言うほどのことでもないと言いたげだ。

　琉生は大きく目を見開き、戸倉の目を凝視する。

「じゃ、なんで？　なんで喋らせてくれないわけ？」

「基本のキもできてないからだ」

　これまた即答だった。

　姿勢から発声、正しい日本語。すべてがなっていない、見聞きに堪えない——戸倉は表情も変えないまま、淡々と辛辣な言葉を並べる。手加減も容赦もないのは、本当に琉生が嫌いだからだろう。

　あっけにとられて聞いているうちに、そこまで言われる筋合いがあるのかと徐々に腹が立って来た。

　これまでバラエティや歌番組に出て来たが、たいして駄目出しされたことはない。ナイトテンのスタッフや真崎でさえもそんなことは言わなかった。生放送だから言葉には気をつけていたつもりだし、出しゃばろうとしたこともない。個人的な好悪の感情で難癖をつけられて、落ち込んでなどやるものか。

「……だったら、教えろよ」

　売り言葉に買い言葉で挑発する。

　向き合う気もないくせに。

案の定、戸倉は迷惑そうな顔をした。

「そこまで面倒を見なきゃいけない義理はない」

「イッシーに頼まれただろ。『アナウンサーも自らが発する言葉に責任を持つべき』だったっけ？　どうすればあんたが気に入るわけ？　教えろよ」

今日の番組内で、戸倉が発したコメントを流用して突きつける。失言で大臣が更迭（こうてつ）されたニュースの中で、彼が述べた文言だ。

戸倉は口を噤（つぐ）み、意外そうに琉生を見た。まさか記憶していると思わなかったらしい。薄暗い光の輪の中に浮かび上がる表情は、面倒くさそうにも、思案しているようにも見える。

ただ、責任感と義理堅さは人一倍強いことはわかっている。でなければ琉生が目を覚ますまで見守っていたりなどしないだろう。

「脱げ」

唐突に戸倉が言った。

「あ？」

聞き返した琉生に「スーツを脱げ」と言葉を重ねる。数秒の沈黙が流れ、琉生は乾いた笑みを浮かべた。

（……見返り寄越せってか）

自分がいずれの性別に対しても、セックスシンボルになり得ることは知っている。

だが戸倉もその手の人間だったとは意外だった。

デキル男を気取っていても、一皮むけばみな俗物だ。

「どうした。教えを乞うなら、先達の言うことには従うものだろう」

男性アナウンサーは意外と体育会系が多いと聞いたが本当らしい。そして、おそらくこの男は抱く側だろう。

タダでは手に入らない。なにかを得るには対価が必要だ。根木から、それをいやと言うほど教え込まれた。どうあがいたって、いまの自分に「対価」として払えるものは自身の身ひとつしかないことも。

「――わかった」

琉生は頷き、潔くYシャツを脱いだ。

カメラの前で喋らせてもらうために一発ヤラせるなんて割に合わない。いつもの自分なら、ぬらりくらりとうまく断っただろう。

だが、今回だけは特別だ。

常に理路整然として清潔そうなこの男が、どんなセックスをするのか興味が湧いた。酒の席では失敗したが、ベッドでなら間違いなく痴態を見られる。自分が下に見ている相手に勃起して、みっともなく腰を振るこの男の姿が見てみたい。

「ぜんぶ？」

「下着はいい」

「マニアックぅ」

ふざけ半分に笑ってみせたが、戸倉はピクリとも表情を動かさない。

恥じらいなど、見せるほうが逆に恥ずかしい。

（あ……そうだ）

脱ごうとしたズボンの尻ポケットに指を差し込み、コインケースを引っ張り出した。中に入れてあった薄型のポーションをひとつふたつ取り出してシーツに放る。

少し前に、P-LieZとしてストップ・ザ・エイズキャンペーンに駆り出された。その際に、スポンサーから配られた世界最薄のウレタンコンドームだ。気づいた戸倉が不可解な視線を投げたが、琉生は「男のマナーだろ」と嘯（うそぶ）いた。

「うちの事務所、プライベートは本人にお任せだけど、女を妊娠させるとかのスキャンダルはご法度だから」

話題になるから持ち歩いているだけで、これまで使う機会もなかった。

だが、戸倉はそうだとは思わないだろう。それでいい。脱いだズボンをベルトごとソファに放り、夜景を背にボックスショーツ一枚で振り返る。片手を腰に当て、顎を上げて挑発的な視線を投げると、戸倉は微かに笑ったようだった。

「――貧弱だな」

「……は？」

　耳を疑ったのは、それなりに鍛えているつもりだったからだ。

　多少の修正は入れられるが、グラビア仕事で文句を言われたことはないし、コンサートステージで肌を見せればいつだって黄色い声が上がる。

　下着一枚で立ち尽くした琉生に、戸倉は一歩一歩近づいて来た。

「貧弱だと言ったんだ。碌な声が出せないのも頷ける」

　伸ばされた戸倉の指先が、胸筋に触れる。やや骨ばった長い指は、戸倉の態度そのままに固く、冷たい。たじろぎつつも、琉生はむきになって言い返した。

「どこがだよ。メンズアイドルはこれくらいスリムなのがちょうどいいんだよ！　ボイトレだって受けてるし、どっかの筋肉バカと比べんな」

「アスリートほどでなくとも、声量を上げるためにはそれなりに筋肉が必要だ。どうせトレーニングもさぼってるんだろう」

「……っ」

　図星だった。

　デビュー前は事務所のタレント専用ジムで、ダンスレッスンとボイストレーニングを積んでいた。デビューしてからも、しばらくは毎日のように全員で集まって歌や振付の練習を重ねていた。

　だが、ソロでの活動が入るようになってからはその回数もぐっと減り、特に琉生はさぼりがちだ。近頃では、自宅にある筋トレ器具にさえ触れていない。

　ぐうの音も出ない琉生の喉仏へ、ナイフのように指先が突きつけられる。

「ここが輪状甲状筋」

「りん、……え？」

「内喉頭筋（ないこうとうきん）のひとつだ。輪状軟骨に起始し、鼻唇溝（びしんこう）、上口唇の皮膚に付着し、甲状軟骨に停止する平滑筋……迷走神経の枝である上喉頭神経に支配される」

　琉生は顎を引き、生唾を飲み込んだ。上下する喉仏に沿ってするすると指が動き出し、鎖骨を通ってそのまま臍（へそ）までゆっくりとなぞられる。

　人差し指と中指の、微かな体温と固い感触。冷めた視線も相まって、腰のあたりがあやしくざわめく。

（嘘だろ……）

　思わず片足を引くとすかさず、「体幹が弱い」と叱責（しっせき）された。悔しくて、絨毯（じゅうたん）を踏みしめる足に力を入れたが、思うように踏ん張れない。

「バランスが悪いのは、鍛え方が偏（かたよ）っているからだ。歌も喋りも声帯だけの問題じゃない。腹から声を出すためにはまず……」

華奢で細い女の指とは違う、節の目立つ男の指が、紙の上の文字を追うように、鋭敏になった皮膚を辿っていく。器用そうな指が臍の下で止まり、トンと軽く叩かれた。

「ここを鍛えろ」

「んっ、……っ」

平らな腹部が大きく波打つ。

ほんの少し触れられただけなのに、まるで前戯だ。たかが指一本で、おかしな気分にさせられるなんてありえない。

ともすれば声が出そうになるのを、息を止めてどうにか耐える。頭の中であらんかぎりの悪態をついたが、若い身体は恨めしいほど反応が早かった。

あっと言う間に、肌に張りつく下着の形が変化する。

(やば……)

オンエア中、いつも原稿の上にある戸倉の手。男の目から見ても、なかなかにセクシーだとは思っていた。褒めているつもりはない、ただ認めざるを得ない事実としてだ。

指の長さと生殖能力は深い関係があると、どこかで聞いた記憶がある。もしそれが事実なら、この男はさぞかし――。

「……っも、いいだろ……っ」

戸倉の手を掴み、やめさせる。

あやうくそのままイかされるところだった。少し触られたくらいで簡単に果てるなんて笑うを通り越してドン引きだ。

（こんなまどろっこしいプレイなんかいいから、早くヤレっての）

手を離し、目を閉じて平常心を取り戻す。

変化に気づいているくせに戸倉はなにも言わない。触れもしない。そういう嗜好（しこう）の持ち主なのか、あるいはつまらないセックスをする男なのか。

ふと顔を上げると、鞄と上着を手にしている戸倉が見えた。

「おい、どこ行くんだよ」

「ここまで送り届けて、用は済んだ。帰るに決まっているだろう」

「ヤルんじゃないのかよ」

その気にさせられなかったのかと焦ったが、どうやら最初から勘違いだったらしい。振り向いた戸倉は軽蔑の眼差（まなざ）しを向けていた。

「冗談だろう。いつそんなことを言った？」

「っ、待てって！」

たしかに、直接的な言葉で要求されたわけではない。

だがコンドームまで出させておいて、本気で据え膳を食わないつもりか。醜態をさらした上に要らぬ恥までかかされて、このまま帰すことなんてできない。

「ゴムまで出させて恥かかせんなよ」

「勝手に出したんだろう。治まらないなら俺が帰った後に自分で処理すればいい」

下半身にちらと視線を向けられ、いまさらのように羞恥で肌が熱くなる。

ここまで来たら、開き直るしかない。すでに戸倉にはこれ以上ないほどの醜態を晒したのだから、もう怖いものはない。

「あっそ。じゃ、あんたが相手してくれないならホテルにだれか呼びつける。適当な相手を漁りに行ったっていい。今夜はどうしてもヤリたい気分だから、俺」

もちろん、本気で実行するつもりはない。だが、こう言えばこの男は乗って来るかもしれないという淡い期待があった。戸倉も、自分がメインキャスターを務めるニュース番組が、ネガティブな意味で注目を集める事態は避けたいはずだ。

「なるほど、俺を脅しているわけか」

「別に。ただ、あんたが男もイケるんだってことはわかった。別に隠さなくていいよ、この業界には多いんだし、俺も別に反吐が出るほど嫌っちゃいない。手近なところで解消できたら」

どうしてこんなにムキになっているのか、自分でもよくわからない。

ただもう、どんな方法でもいいから、戸倉に一矢報いたかった。いくら潔癖で高尚な男でも、セックスの快楽の前ではただの雄の獣になり下がる。自分も同じ男だから、知っている。

このすかしたアナウンサーを、どうにかして見返してやりたい。

ベッドに放り出されたコンドームを見て、こいつならやりかねないとでも思ったのか、戸倉はやれやれとばかりに嘆息し、一度は手にした鞄と上着をソファに置いた。

「酔っ払いアイドルの誘惑を真に受ける男が、そんなにいるとは知らなかったな」

脅されて言うことを聞くという体ではない。ネクタイの結び目を緩めながら、戸倉は駄々をこねる子供をいなす大人の口調で続ける。

「言っておくが、報道キャスターの座は本来、簡単に手に入るようなものじゃない。ニュースを読みたいならまず、俺をその気にさせてみろ」

——簡単？

戸倉の口から飛び出したその単語に、琉生は自嘲めいた笑みを浮かべた。

やはりこの男にも、枕で「簡単に」仕事をもらっているように思われている。いや、いまさらか。

『俺が後ろ盾についていれば、どんなタレントも売れるよ。俺が売ってみせる』

根木から言われた言葉が、いまだ鼓膜にこびりついている。

タレントに仕事を取って来ることも、マネージャーの仕事のうちだ。しかし、P-LieZの場合は少々、事情が異なる。入って来る大きな仕事のほとんどは、根木が振ってくれるものだ。可愛がっている琉生の望みなら、大抵のことは聞いてもらえる。

「その気にさせればいいんだろ。やってやるよ」

勢いで戸倉の前に跪き、スーツのベルトに手を掛ける。

セックスで相手をその気にさせるなんて造作もない。男なら物理的に刺激を与えれば嫌でも勃つ。相手が雰囲気をほしがるなら、それらしく演じてやればいい。

「なぜ、そんなにカメラの前で喋りたいんだ。仕事に対して、やる気があるようには見えないが」

ベルトを外していた琉生の手が止まる。

戸倉が言う通りだ。

放送時間に間に合わなかったことはさすがにない。だが、打ち合わせ中に根木からのメッセージを見ていたり、予定が押して局への入りが遅くなったりすることは何度もあった。それを誰にも注意されなかったのは、自分などいなくとも、番組に支障がないからだ。

「売れたい以外になんかある？」

俯いたまま、琉生は舐めた態度で笑ってみせた。

雨後の筍のように毎年、たくさんのアイドルがデビューしては消えていく。多少のコネ程度では、芸能界でコンスタントに仕事を得るには至らない。

いつかP-LieZとして大きな舞台に立つために、根木の力が必要だった。一秒でも多くテレビに映って、グループとメンバーの顔と名前を視聴者に覚えて貰いたい。それで夢に近づけると、メンバーも同じ思いでいるものだと、信じていた。

「売れるためなら、こんなことも平気でするのか」

戸倉の大きな手が、琉生の顎を強く掴んで上向かせる。

「そんな気概があるのなら、自分を磨く努力をしたらどうなんだ」

「っさいな……！　世の中、努力だけでどうにかなることばっかじゃな……」

尻すぼみに語尾が消える。

戸倉がどんな顔で自分を見ているか、知りたくなかった。

見上げた先、戸倉は痛みに耐えるような表情を浮かべていた。

馬鹿にされたわけではなく、哀れまれたわけでもない。わかったような口を利くなと撥ねつけたかったのに、そんな顔をされて混乱した。

「仮にも表現者なら、言葉の力でひとを動かしてみろ」

瞠目（どうもく）したまま、微動だに出来ない。

聞き間違いなどではない。この男は、アイドルを表現者と言い表したのだ。

「――――っ……」

ステージに立つ瞬間にも似た震えが、背筋を駆け上がって来る。もしかしたら、戸倉は自分を色眼鏡で見ていないのだろうか。たとえ嫌っていたとしても。

琉生は深く息を吐き、戸倉の手を撥ね除けた。

まともに取り合ってはいけない。

華やかな業界の裏側には必ず、ほの暗い部分があるものだ。アナウンサーという安定した地位を持ち、すべてにおいて恵まれたこの男に、アイドルの悲哀などわかるわけがない。

「風俗嬢に説教するオヤジみたいなことしてんじゃねぇよ。どうせヤルことはヤルくせに、綺麗事ばっかり……うっせぇわ」

琉生はゆらりと立ち上がり、さっきまで自分が寝ていたベッドに座った。不敵なうすら笑いを浮かべて戸倉を流し見る。

「もったいぶってないでさっさと抱けよ」

大抵の相手なら、一発でその気にさせられただろう誘い文句だ。だが、戸倉は一筋縄ではいかない。

「それを言うなら、抱いてください、だろう。正しい日本語で話せ」

冷ややかな声に、思わず聞き返してしまう。

「抱いて、ください？」

「疑問符が余計だ。さっき、どこから声を出せと言ったか忘れたのか？」

素直に従うのは口惜しい。だが、否と言えばあっさり帰られてしまいそうで、焦らすこともできない。

琉生は腹の奥まで息を吸い込み、吐き出した。

「抱いてください、っ」

これでいいだろう、と睨みつける。

自慢にもならないが、女に不自由したことはない。事務所の目を盗んでは、適当に遊べる相手とそれなりの経験はして来ている。

だが男なんて、抱いたことも抱かれたことも皆無だ。

そんな自分にプライドを捨ててまで言わせて、抱く気にならないなんて言わせない。

戸倉がカフスボタンを外しながらベッドに近づいて来る。

「いいだろう。そんなにヤリたいなら相手してやる」

あくまでも、頼まれたから相手をしてやる、という高飛車な態度だ。

ひとあたりのいい戸倉が、なぜか自分に対してだけは高慢に感じる場面がよくあった。

当然だ。琉生のことを、枕営業で仕事を得るアイドルと蔑(さげす)んでいるからだろう。真偽など、正さずとも別に構わない。どうせ、いまからこの男も、枕営業を要求するエロおやじと同等になり下がる。

(所詮、やることは一緒だろうが)

気取っていられるのもいまのうちだ。

戸倉は抜き取ったネクタイとカフスボタンをサイドテーブルに放り、半人分空けて隣に座った。

いきなり項(うなじ)に手を掛けられ、引き寄せられる。間近に迫った端整な顔に、なぜか急に腰が引けた。逃げるように顔を背け、戸倉を突き放してしまう。

「キ、キスとかしなくていいから」

「わかった」

成り行きでキスを拒んだ恰好になってしまったが、戸倉の反応はあっさりとしたものだった。ベッドの中でも俺様タイプかと思いきや、意外と淡泊なのか。

いまさら怖気づくなんて自分らしくない。琉生は小さく息をつき、自分からシーツに仰向けに倒れ込んだ。

淡い光の中で自分に覆い被さって来る男を見上げる。

鼻腔(びこう)をくすぐる彼の微かな香水の匂いが妙に生々しい。

頭の横に手をつき、戸倉の顔がゆっくりと近づいて来る。

意外にも、自分がそれほど嫌悪を感じていないことが不思議だった。それどころか、未知への恐怖を上回る好奇心でドキドキしてすらいる。

酔っていないと言いながら、酒がまだ残っているのだろうか。

「……ん」

首筋に戸倉の息が触れ、鼓動が早まる。空調が効いているとはいえ、下着一枚で過ごすには肌寒い。反対側に顔を背け、唇を引き結んで目を閉じる。

冷えた肌に、戸倉の唇はやたらと熱く感じられた。

「まるで俎板の鯉だな」

戸倉が低く笑って首筋に顔を埋めて来る。

「……っ、マグロのほうがよかったかよ」

「口が減らないのはお互い様か」

「い……っ」

仕返しのつもりか、晒された白い喉に戸倉が軽く歯を立てた。嗜虐的な行為に驚いて思わず悲鳴を上げてしまう。

「跡はつけない。マナーだからな」

いちいち、自分が言った言葉を用いて揶揄して来るのも癇に障る。

マグロだと馬鹿にされるのも癪だが、下手に動いて男が初めてと悟られるのはもっと嫌だった。白けられるくらいなら、むしろ遊び慣れた男に見られたい。

目の上に片腕を乗せ、表情を隠したのも束の間、喉がヒクッと震えた。

戸倉の舌が噛み跡をざらりと舐め上げたのだ。薄い皮膚を唇で食み、腹から胸にかけてを掌で撫で上げられる。それだけで冷えていた肌がじんわりと熱を帯びて来て、戸惑いと焦りを感じた。

（嘘だろ……）

身勝手に自分の欲望だけを満たして終了するタイプかと思ったら、意外にも前戯が丁寧で驚かされる。退屈でヘタクソなセックスだと腹の底で笑ってやるつもりだったのに、逆に翻弄されそうで恐ろしい。

「特定の恋人はいないのか」

目の上に乗せた片腕を少しずらし、戸倉を見る。

なぜ、いま、そんなことを聞くのだろう。

まさか、根木と本気でデキているとでも思っているのか。

「いたらこんなことしねぇよ」

「貞操観念はあるんだな」

「……っ……」

薄い胸元を彷徨（さまよ）っていた指が乳首にかかった。指の腹で転がされ、しつこく弄（もてあそ）ばれる。いまだかつて、そんな場所を責められたことはない。くすぐったいような、少し恥ずかしいような感覚に黙って耐える。

弄られた部分が腫れぼったくなり、やがてジンジンと疼くような熱を発して来る。それは紛れもなく下半身に直結する快感だった。強く摘まれた途端、腰が甘く痺れるような感覚に襲われ、琉生は唇を噛んだ。

「感じやすいくせに、なに我慢してる」

余裕のある男の含み笑いが癇に障る。

「うっせぇな、いちいち……っ。そっちこそ、エロメン気取りで喋りすぎ……っ」

「よく言われる」

「――!?」

腕を退け、思わず、至近距離で戸倉を見上げる。

だれに、と聞き返す前に、腫れた乳頭を口に含まれた。音を立てて吸いつかれ、赤く充血した粒を舌先でくりくりと弄られる。

まるで、甘い波紋が身体中に広がっていくようだった。もう片方の乳首も指先で立て続けに弾かれ、過敏になった身体がびくつく。

伸ばした腕でシーツを掴み、啜るように息を吸って声を耐えたが、限界だった。

「っ、っ、っ……っあぁ……っ」

執拗な胸への愛撫が、頑なだった唇をこじ開ける。

一声発すると、あとはもうなし崩しだった。ぷっつりと勃った乳頭をしつこく舐めしゃぶられ、あられもない声が喉から溢れる。

我ながら、早すぎる陥落に焦燥を禁じ得ない。咄嗟に手の甲に歯を立てて声を殺そうとしたが、すぐに気づいた戸倉から強い力で外された。

「意地ばかり張って、自分を傷つけるんじゃない」

「っ、ぅ……」

薄い胸を激しく上下させる琉生を、戸倉は哀れむような目で見下ろしている。

股を開いて男に見下ろされる気分を味わったのは初めてだ。恥ずかしくないと言えば嘘になるが、脚の間に身体を入れられているから、膝を閉じることもできない。大きく脚を開かされた情けない格好で、意地もなにもない。

視線を合わせたまま、戸倉は歯形が残る手の甲に唇を寄せた。瞠目する琉生の前で舌を這わせる。熱く濡れた舌の感触に、はからずもゾクリとした。

「なに、すんだよ……っ」

猫のように手を引っ込め、精一杯の虚勢で威嚇する。だが、戸倉が落とした視線の先は、しっかりと反応した琉生の下半身だった。

わざとらしいほど、ゆっくりと下着を脱がされる。

「わかりやすくて助かる」

「……っ」

角度を持ったペニスがひくんと揺れた。亀頭部がはち切れそうに張り詰め、頂きの小さな穴に滲えた蜜が、もう少しで零れそうだ。

「せっかくだから、使わせてもらおうか」

戸倉が手にしたものを見て、琉生はわずかに目を見開いた。

（もう挿入れるのかよ……っ）

琉生の目の前で、戸倉は見せつけるようにコンドームの封を切り、取り出した中身を人差し指と中指に嵌める。手慣れた所作に、経験値の差を見せつけられる。

「そんなに怖がらなくても、いきなり突っ込んだりしない」

「こ、怖がってなんかねぇし」

顔色を読まれた恥ずかしさに慌てて横を向く。経験はないまでも知識はある。さすがにいきなり挿入るとは思っていない。息を殺す琉生の脚の間に、にゅるりと冷たい感触がする。指先で窄まりを撫でられて、M字に開かされた脚に力が入る。

「……っ」

コンドームには、あらかじめたっぷりと潤滑剤が纏わりついている。

その滑りを借り、尻の割れ目に、コンドームを被せた指が入り込んでいた。

きゅうっと窄まった後孔を慣らす動きで浅く抜き差しされる。指が退いていくときの、なんともいえない感覚に琉生は息を荒げた。

「……もっと、緩いかと思ったんだがな」

無神経な呟きに反論する余裕すらない。

中で指を揺らされて、上擦った吐息が漏れる。自分の中に、戸倉の指が入り込んでいるという現実がとてつもなく恥ずかしい。

節の目立つあの長い指が、自分のあらぬ場所を探っているのだ。

よく見るAVのように激しい抜き差しではない。ゆっくりと探るような動きで中を掻き混ぜられ、息が乱れる。

とある場所をかすめた瞬間、びくっと腰が跳ねあがった。

「ひ、ッ……」

ビクンと性器が揺れ、尿道口に盛り上がっていた蜜玉が決壊した。張力を失った液体が、光る糸を引きながらとろーっと腹に滴り落ちる。

まるで閃光(せんこう)のような快感だった。触れられただけで目の奥がちかちかして、感電したみたいに脳が痺れる。

「ここか」

「やっ、っう、っん……っぁあ……っ！」

くっと踵(かかと)が浮き上がり、爪先がシーツに突き刺さった。

浅い場所を探っていた指が増やされ、ぐぅっと奥まで入り込まれる。会陰部に掌が押しつけられ、中で指を揺らされた。喉の奥に詰まっていた声が押し出される。

「っ、あ……っあっあ……！」

「可愛い声も出せるじゃないか」

耳を塞ぎたくなるような自分の声を、嘲笑(あざわら)うかのような誉め言葉が悔しい。快感に翻弄され、琉生はただひたすら熱く濡れた息を散らした。

（なんで……っ、こんなやつに、なんで俺が）

軽く指を揺らされただけで、あられもない声が止まらない。ペニスがびくんと跳ね上がり、腰が浮くほど感じる。こんな場所で気持ちよくなるなんて、男としての自信が揺らぎそうだった。

「やだ……っそこ、強い、……っ」

感じる場所を軽く押されるだけで中がうねり、戸倉の指を締めつける。指を食んだ部分が勝手に蠢(うごめ)き、奥へと引き込もうとする動きが自分でも止められない。制御できない部分を好きに弄られて、女みたいに悦がらせられる。

「感じすぎるか、ここは」

「いっ、やだっ……っ抜け、ってっ」

焦りと恥ずかしさで頭がどうにかなりそうだ。

セックスなら女とするほうが気持ちいい。そう思っていた。

少なくとも、ついさっきまでは。なのに、こんなに気持ちいい場所が自分の中にあったなんて。

「ッン」

ずるりと指を抜かれ、たまらず腰が揺れる。

漏らした先走りが臍下から秘毛までをぐしょぐしょに濡らしていた。

「汚されると、帰りに厄介だからな」

忙しなく呼吸しながら、シャツを脱ぎ捨てる戸倉をうつろに見上げる。

「……！」

刹那、仰向けに転がったまま、琉生は大きく目を見開いた。

（勝てっこないじゃん、こんなの……）

無駄な筋肉などまったくない。アスリートのようなしなやかな肉体に目が吸い寄せられる。いまだにスーツに着られている自分とは作りが違う。

「なんだ、じろじろ見て」

「や……なんでも……着やせ、って……」

腹筋を鍛えろ、といった意味が少しわかった気がした。

戸倉の声は雑音に掻き消されない。

どんなに騒がしくても彼の声だけはクリアに聞こえる。特に声を張るわけでも、本息で話していたわけでもないのに、だ。

思わず手を伸ばし、陰影を落としている身体に触れる。ほどよく盛り上がった胸筋から腹直筋、そして正中線の両脇にうっすらと入る腱画——悔しいと言えるほどの努力もしていない自分はただ見惚れるしかない。

「かたい」

ふいに滑らかな腹筋が波打った。驚いて手を引っ込め、戸倉の顔を見上げる。

眉間に皺を刻み、戸倉は琉生の顔を見下ろしていた。

「これだから、――はあざとい」

「え……」

長い指がズボンの前を寛げる。取り出されたモノを見て、琉生はごくりと喉を鳴らした。

紳士な外見からは想像もつかない凶暴な代物に身体の芯から震えが来る。

（……マジかよ……）

童貞を捨てたときは「こんなもんか」という程度の感触しかなかったのに、いざ自分が抱かれる側に回ってみると逃げ出したい衝動に駆られる。

――アイドルは身体が資本だ。

これ以上の行為は負担が大きすぎる。身体を反転させたが、背後から押さえ込まれた。

まるで柔道の寝技を掛けられたかのように、身動きできない。

「後ろから挿(い)れてほしいのか？」

「っ、ひ……っ」

四つん這いのまま、耳許で低く囁かれて首を竦(すく)める。全身に鳥肌が立つ。

戸倉の楽し気な独り言が恐怖に追い打ちを掛けた。

「まぁ……最初はそのほうが楽かもしれないな」

そんなこと、知らない。

戸倉が残っていたコンドームに手を伸ばした。装着するその隙に、戸倉の下から這い出ようとしたが、すぐまた押さえつけられる。ずるずると引きずり戻され、交尾をねだる雌猫みたいに腰を高く上げさせられた。

「っ、無理だってッ……っぁう……っ」

背後から腰を掴まれ、恐怖で身体が竦み上がる。

四つん這いのまま、後ろから挿入しようというのか。

震える琉生に、背後から揶揄するような戸倉の声が降って来る。

「P-LieZの王子様が、じたばたするんじゃない」

「う、うるさい……っ！」

グループでの立ち位置をイジられて顔を赤くする。そんなことまで知られていたなんて思わなかった。

（あ、うそ、……ヤバいって……っ）

双丘を割り開かれ、あらぬ場所が空気に触れる。

きゅんと収縮した後孔に、にゅるにゅると弾力のある塊を擦りつけられた。ゴムに纏わりつくジェルで女のように濡らされる。

屈辱に息を呑んだ瞬間、後孔に先端がめり込んで来た。

「ぁあ、ぁ……ッ」

裂ける恐怖から身体が前へと逃げを打つ。だがすぐに腕を掴まれ、強引に押し入られた。

「意外に……身持ちが固いじゃないか」

「……っぁ、あ……っぁ……っ」

後孔が薄く引き伸ばされていく感覚に全身が打ち震える。ひどい異物感に苛まれ、まともに呼吸すらできない。膝立ちに伸び上がるが、すぐに身体を抱えこまれ、じわじわと挿入される。

「待てって、……っ、っ無理、タンマ……っ」

張り出した傘の部分をどうにか飲み込んだところで、早くも限界を感じた。だが戸倉は取り合わない。腰を掴み、軽く揺らしながらこともなげに言う。

「まだ半分も入れてない」

「ふとすぎ、んだよ……っ」

ゆっくりと、奥へと進むごとに膝が震える。

すさまじい圧迫感にいまにも気を失いそうだった。

不安定な姿勢をどうにか保持しようと、全身の筋肉に力が入る。接合部がギュウッと締まり、中にいる戸倉自身をきつく締め上げてしまう。

「っ……そんなに、締めるな……搾り取る気か？」

中の動きを指摘され、かっと体が熱くなった。そんなつもりなどないのに、中の痙攣が止まらない。身体に力が入らなくなって来て、戸倉の肩口に後頭部を預ける。大きく胸を喘がせていると、ふいに腰を掴んでいた戸倉の手が、前に回された。

天を仰ぐ性器には触れることなく、掌を下腹部に当てられる。下腹をぐぅっと圧迫され、琉生は息を呑んだ。

ゆっくりと、臍の下から性器のつけ根あたりまでを上下に擦られる。

「……！」

肌の上から、奥で脈打つ剛直をなぞっているのだ。

そう気づいた瞬間、下腹部が大きく痙攣した。汗ばむ背中が弓なりに反り返る。

「……や、め……っ」

犯されている部分をよりリアルに意識させられて、身体が震えた。灼熱で腹の内側から溶かされていくような錯覚すら覚える。そのまま漏らしてしまいそうな感覚に襲われて、ふと違和感を覚えた。

（あ……れ……？）

あんなに酒を飲んだのだから、膀胱が張っていても不思議はない。だが、尿意はまったくと言っていいほどない。

「ちょ……っ待っ、て、ストップ……っ」

さらに奥へと侵入を試みる戸倉の腕に手を掛ける。

「痛いのか」

「じゃなくて。俺、ここに来るまでになにか……粗相とか、してないよな……？」

息を乱しつつも、早口で確認する。

アイドルには守るべきイメージというものがある。

まさかとは思うが、道端で立ちションなどしていたら目も当てられない。あまつさえ、それをファンやゴシップ記者に見られたりしていたら。

「……ああ」

戸倉が合点の声を漏らし、喉の奥で忍び笑った。

なにを言わんとしているのか、すぐに察したらしい。

「トイレなら、させてやった」

とんでもない発言に血の気が引いた。

ごくりと喉が上下する。

嘘だと思いたかったが、実際に、中の戸倉自身を感じられるほど臍下はへこんでいる。

「タクシーに乗せた途端、漏れそうなんて言い出すから参ったよ。仕方なく、近くのホテルに行先を変えたんだ」

戸倉曰く、眠り込んでしまった琉生を、自宅まで送り届けるつもりでタクシーに乗せたらしい。だが琉生の緊急事態に急遽、行き先を一番近いホテルに変えた。そしてチェックインを済ませるなり、ふらふらで立てない琉生を抱えてこの部屋に入ったのだと言う。

「う、うそ……そんな……」

琉生の臍の下を嬲りながら、戸倉はこともなげに告げる。

「嘘じゃない。アイドルがタクシーでお漏らしなんて、無様だろう？　だから俺が、後ろから抱えてトイレまで連れて行っ」

「も、もういい……っ」

最悪だ。

痛飲した自分が一番悪い。そんなことはわかっているが冷や汗が止まらない。いったいどこまで自分はこの男に醜態をさらしたのか。

なにを思ったか、戸倉が膝立ちになった琉生の身体を背後から羽交い絞めにした。

「こうやって、便器の前で」

そのシーンを再現するかのように、片方の手が、琉生の下腹部に伸びて来る。

「い……っいやだっ……やめろ……っ」

腰を折り、身を捩ったが振り解けない。

戸倉の指がペニスに辿り着き、上向いた根元を支える。羞恥でおかしくなりそうなのに、ペニスはますます硬さを増していた。先端からとめどなく伝い落ちる性液が、戸倉の指を汚していく。

「前もちゃんと開けてやって」

「……わかったからっ……っ悪かったたって……っ」

泣き声交じりに懇願したが、許してくれない。

長い指でペニスを握り込まれ、よりリアルに想像させられる。膀胱は空っぽなのに、ないはずの尿意まで蘇って来るようで、なにも考えられない。

「こんなふうに――」

根元から先端までを、指筒でぬるぅっと扱きあげられる。

刹那、膨らみ切った快感がパンと弾けた。

「つやめ……んぁ……っ」

切羽詰(せっぱつ)まった感覚が背筋を駆け上がって来る。我慢できない。猛烈な勢いで精管を昇って来る熱に、腰がガクガクと痙攣する。

「つあ、あ……つあ――っ……っ！」

活きのいい魚のように、戸倉の手に包まれたペニスが跳ねる。

放たれた精液が放物線を描いてシーツを汚していく。

琉生は背中を反り返らせ、戸倉の肩に後頭部を擦りつけて悶（もだ）えた。

「う、……ッぅ」

「感謝しろ」

耳許で囁かれ、またビクンと手の中でペニスが弾む。残滓が飛び散り、鈴口から溢れた白濁がとろとろと茎を伝う。戸倉が忍び笑い、腰を引いたのがわかった。

「あう……っ」

弛緩した内襞をゆっくりと擦りながら長いものが抜けていく。脱力した身体がシーツに崩れ落ちる。

まるで全力疾走した直後みたいだった。ベッドにうつ伏せに倒れ込み、胸をただ喘がせることしかできない。

「自分だけ出して先に寝るんじゃない」

脱力した身体を仰向けに転がされ、足を大きく開かされる。

力が入らず、されるがままだ。シーツが濡れて冷たい。まるで本当に漏らしたみたいに、たっぷりの量を射精させられていた。

足の間に弾力のある固いものが押し当てられ、うつろに目を開ける。

一気に挿入された。

「っあぁ！」

か細い悲鳴が迸(ほとばし)る。

だが快楽に弛緩しきった身体は、戸倉のモノをすんなりと根元まで受け入れていた。腰を抱え直され、より深く結合する。

前戯とは裏腹に、抽挿は容赦がない。重いストロークで突き上げられて、開きっぱなしの唇から、絶え間なく喘ぎが溢れる。

「あっ、っあぁっ……っあ……っ」

荒い呼吸と滴る汗がどちらのものかわからない。

抜き差しされるたびに、下腹部でペニスが跳ねる様が滑稽だった。すがるようにシーツを掴み、悔しさと、それを上回る快感に耐える。

無様に腰を振る男の姿を見てやろうと思っていたのに、自分こそあられもない姿を晒している現実がいたたまれない。

揺れる視界の中、自分の顔を見降ろす戸倉と目が合った。

「なに……っ、ガン見してんだよ……っ」

「おまえの、顔だ」

平然と返されて全身が熱くなる。一人前に挑発しておきながら口ほどにもない。

男に抱かれて、快感を得てしまった。自分がいま、この男の前でどんな表情を晒しているのか、想像しただけで落ち着かない。思わず顔前で腕を交差したが、すぐに腕を掴まれ、強引に外された。

「………ッ」

「いまさらなにを隠してる」

見せたくない。この男にだけは見られたくない。

必死な思いとは逆に、左右の手を耳の横に押さえつけられ、戸倉の顔がますます近づく。接合部を凝視されるよりも恥ずかしい。

「っなんで……っ、わざわざ顔、なんかっ」

「決まっている、昂奮するからだ」

まさかの答えに息を呑む。愉悦を含んだ視線で肌が灼(や)けるようだ。せめてもの抵抗と、琉生はきつく目を閉じた。

（な……に、それ）

男は視覚から性的昂奮を得ると言う。

これまで「顔だけはいいのに」と言われすぎて逆にコンプレックスだった。琉生を嫌っているこの男も、唯一、顔だけは認めているということか。

「変態……っ」

目を逸らし、精一杯の悪態をつく。しかし、態度とは裏腹にいまの言葉が、なぜかひどく腰に来ていた。

琉生の顔に昂奮する男の姿に煽られるなんてありえない。なのに、戸倉を食んだ部分が脈打つように疼いてたまらない。放ったばかりのペニスまでが再び頭を持ち上げ、ひくひくと戦慄きながら頂から汁を滴らせている。

「う、……っ」

片方の手が琉生の下腹部に伸びた。物欲しげに涎を垂らしたペニスを掴み取られる。

「おまえも、同じだろう?」

手の中で弄ばれる。律動に合わせて扱き上げられ、腹の奥から痺れるような悦楽がこみ上げて来た。戸倉の視線も相まって、とても我慢できそうにない。

「っ……やだって、あ、ぁ……っ見んなぁ……っ」

腸壁が複雑にうねり、中にいる戸倉を搾り取るように蠕動する。律動が忙しくなり、絶頂へと導く動きに変わる。男の快楽を追う動きが、急速に琉生を追い上げていく。ふわりと腰が浮き上がるような感覚と同時に、墜落の瞬間が訪れた。

「っう、ぁ……あ……っ」

切なく腰を震わせ、白濁を飛び散らせる。きめ細かい肌に降り注ぐ。その光景を眺めながら、戸倉もまた深々と腰を入れて来た。

身体の奥でペニスが大きく膨れ上がり、そして弾けた。

「っ……っふ……あ……っ」

戸倉がたっぷりと射精しながら、奥にペニスを擦りつけるような動きをする。ゴム越しなのに、まるで本当に種つけされたような気分にさせられて、凌辱(りょうじょく)感が拭えない。

繋がりを解かれた瞬間、琉生はぐったりと身体を弛緩させた。胸を大きく上下させながら、やっとのことで戸倉に背を向ける。

汗で顔や額に髪が張りついて気持ち悪い。だがもう指一本動かすのも億劫だ。このまま眠ってすべてを夢にしてしまいたい。だが現実はそうもいかない。

(明日の朝……何時だったっけ……)

後始末を済ませた戸倉が席を立ち、洗面所に消えていった。先にシャワーでも浴びるつもりなのだろう。だが予想外にも彼はすぐに戻って来た。

無言のまま、熱い湯で濡らしたタオルで琉生のべたつく肌を無造作に拭き始める。慣れた仕草と意外な気遣いにギクリとして跳ね起きた。

「い、いいって、シャワー浴びるから」

温かい濡れタオルを奪い取る。

「まだ酒が残ってるだろう。シャワーは朝浴びたほうがいい」

シャツを羽織る戸倉を横目で見ながら、琉生は身体についた体液を拭う。

(クソ……ッ)

乗せられて言わされて、そこからはあっという間に快楽に堕とされた。へたくそと笑ってやろうと思っていたのに、女を食いまくって来た自分が、いいように尻でイかされたのだ。

初めて男とセックスした事実より、この男に抱かれて悦がらされた衝撃のほうが何倍も大きい。キスはしないまま、腰が立たなくなるほど犯されて、屈辱以外の何物でもない。

「結局……ヤッたじゃねーかよ」

身じまいをすませた男へ、むしろ勝ち誇ったように琉生は言葉を投げつける。

それ見ろ、おまえだってアイドルの色仕掛けを真に受けて、相手にへこへこ腰を振っただろうが——ガクガクの腰でなにを言おうと相手にとっては屁でもない。だがどうしても言わずにはいられなかった。

戸倉は黙ってスマホを取り出した。大音量で「抱いてください」と言う琉生の一言が再生される。

「な……」

あのやりとりを、知らぬ間に録音していたらしい。

事実はどうあれ、切り取られたこの部分だけを聞けばだれもが、琉生から誘ったと解釈するに違いない。それどころか、むしろ琉生が頼み込んで戸倉に抱いてもらったと受け取られてもおかしくない。

「これが言質（げんち）だ」

なにも言い返せないまま、琉生は小刻みに肩を震わせる。その傍らを、戸倉は上着と鞄を手に悠然と通り過ぎていく。

「悪用はしないから安心しろ。この業界で生き残りたければカラダでなくアタマを使え」

濡れタオルを思い切り投げつけたが届く前にドアが閉まった。

情事の饐えた匂いが残る部屋で、目を見開いたまま怒りに震える。

（あ……の、野郎……っ）

屈辱と恥辱にはらわたが煮えくり返るようだった。

「ひとこと、余計なんだよ……っ」

図星をつかれた悔しさだけではない。簡単に誘導され、まんまと男と寝た自分への腹立たしさに視界が歪む。枕に拳を叩きつける。

——お喋りセックス野郎。

自分が女だったら週刊誌に売ってやるところだが、現実ではそうもいかない。

（……週刊誌）

ふと、琉生の口許に笑みが浮かんだ。

やられっぱなしは性に合わない。

絶対に、弱みを握ってリベンジしてやる。

結局、キョウスケは部屋で寝落ちていただけだったらしい。

土曜のリハーサルはなんとか終わり、翌日の日曜日、B&Gアイドルフェスティバルは予定通り開催された。

新人アイドルや人気アイドルたちによる歌の祭典として毎年行われるもので、芸人のトークイベントや有名雑誌の専属モデルらによるファッションショーなどもあり、どのブロックも客の入りは上々だ。

「あれー!?俺のドリンクがない！」

本番前、身支度を済ませて控室に戻って来たトモアキこと貴山知愛（たかやまともあき）が、テーブルに置いてあった飲み物を取ろうとして眉をしかめた。

「いつも飲んでたペットボトルの水ならテーブルにあったけど」

歌詞を確認していたユージンこと艶嶋友仁（つやしまゆうじん）も、手を止めてテーブルに寄って来る。ユージンは琉生より一歳年上で、P-LieZ結成当時からグループを纏めるリーダーだ。

「僕がいつも飲んでるお水。誰か飲んだでしょ」

「え、もしかしてこれ？」

振り返ったトモアキに、琉生は衣装のまま飲んでいたペットボトルを見せる。適当に選んだ一本だったが、ビンゴだったらしい。

「あー！　それ！」

ぷくっと口を膨らませ、可愛らしい童顔をしかめる。まだ十七歳と、グループメンバー唯一の十代だ。デジタルネイティブ趣味を兼ねた動画配信では、こうして我儘っぽい弟キャラで大人女性のファンを虜にしているらしい。

「悪い、これまだ一口しか飲んでないから」

「いらない。人が握ったおにぎりも食べられないのに、回し飲みなんてできるわけないじゃん」

「僕、買ってきますよ」

空気を読んだ石黒が控室を飛び出して行った。一気に場が白ける中、キョウスケが盛大に舌打ちする。

「っとにガキだな、水なんてどれもそう変わんねぇだろ」

「はぁ？　別に買ってこいなんて言ってないし！　悪いのは勝手に飲んだ琉生じゃん」

「屁理屈こねるな。だからガキなんだよ」

「ジジィのくせに」

「んだと」

「よせってキョウスケ、トモアキも……悪かったって」

キョウスケがきつい目で琉生を流し見る。アイドルにしてはロックな外見そのままに、顔も性格もきつい。アイドルから塩対応されるのが好きな女性ファンが根強く推すだけはある。

「てめぇのことが気に食わないのは俺も同じだけどな」

「…………」

前日のリハーサルでもギスギスした雰囲気が漂っていた。今日になれば少しは和らぐかと思っていたが、輪を掛けて険悪なムードだ。

本番前なのに、控室の空気がこんなにも重いなんて先が思いやられる。

「あの、みんな、緊張でピリつくのわかるけど、それくらいで……。せっかくP-LieZとして生イベントに出るんだし、もっと楽しくやろうよ」

「……ユージン」

「ファンのコたちだって仲良い俺たちが見たいんだから。いまも外で、俺たちのサプライズを心待ちにしてるコたちがたくさんいるの、知ってるだろ?」

リーダーらしく、ユージンが必死に纏めようとするが、トモアキは腹の虫がおさまらないらしい。衣装の上着の裾を跳ね上げて椅子に座り、深く足を組む。

「解散、なーんてサプライズあったりしてね、逆にさ」

「ハ、洒落になんねーわ」

トモアキとキョウスケの聞き捨てならない台詞に、琉生はつい声を荒げた。

「トモ、キョウスケも。冗談でもそういうこと言うな！」

グループ名のP-LieZは事務所社長が命名した。仕事にプライドを持ち、常に攻めの姿勢でファンにサプライズを仕掛けていけるようにという、願いにも似たコンセプトをもとにした造語だ。

「ウケる。琉生なんかがきれいごと言ったってぜんっぜん響かないし」

「は？　トモいまなんつった」

「琉生だって自覚あんだろーが」

「キョウ……ッ」

「みんな、やめろよ」

ユージンがおろおろと割って入ったときだった。

控室のドアが開き、荒れたムードの中にひとりの男性が入って来る。口許にお洒落髭を蓄え、ハイブランドの服をカジュアルに着こなした中年男性だ。実年齢は五十近いが、同年代の男と比べると肌艶もよく若々しい。彼の姿を見た途端、険悪だった空気は一瞬で余所行きの雰囲気に変わった。

「よーお疲れー。みんな、ちゃんと仕上がってるか？」

「根木プロデューサー、お疲れ様です」

「見に来てくれたんですね」

「ハハ、当然だろ。お、新調した衣装なかなかいいじゃん」

自らがプロデュースしたアイドルたちに囲まれ、根木がまんざらでもなさそうな様子で皆をねぎらう。妻帯者とはいえ所帯じみた様子もなく、身体つきも締まっている、つまり業界によくいるタイプの男性だ。

「……琉生、ちょっといいか」

高そうな腕時計に視線を落とし、根木がチラと琉生に目配せする。

「…………はい」

本番前だろうが、断れるわけがない。背中に冷たい視線が突き刺さるのを感じながら、琉生は男の後ろについて部屋を出た。

「ナイトテンの話、他のメンバーの前では話しにくいかなと思って」

ドアを閉め、キスでもするかのように頬に顔を近づけられる。チラチラとこちらを見ながら通り過ぎていく関係者たちの視線が痛い。

「廊下じゃなんだし、どっか、ふたりきりになれるとこで話そうか」

「……。お気遣い、どうもです」

スタッフや他の出演者たちが行きかう廊下で立ち話などすれば、好奇の視線に晒される。かといって、メンバーの前で、自分だけが特別扱いされて得た仕事の話をするのも気が引ける。促されるまま、根木に連れて行かれた先は、関係者用のトイレだった。

「入れよ」

個室のドアを開けた根木が顎をしゃくる。

琉生はぎょっとして根木とドアを見比べた。

「どうした？　時間が迫ってるんだろ」

身の危険を感じたが、言うことを聞かないという選択肢はなかった。

こんな場所で、真面目な話をするとは思えない。だが、今日は直後に本番ステージが控えている。いくらなんでも、襲われたりはしないだろう。

じっとりと手に汗をかきながら、琉生は黙って個室に入った。根木が内側から鍵を掛ける音が大きく響く。

「あの、ナイトテンがなにか……」

壁際に張りつくようにして立つ琉生を、すかさず根木が体で囲い込む。

「ナイトテン？　ああ、見てるよ。いいねぇスーツ姿。琉生王子可愛いから、スタッフに虐められたりしてない？」

琉生の顔の横に手をついて、根木が生臭い息を吹き掛けて来る。

琉生王子、というのは根木がつけたニックネームだ。そんな陳腐な渾名（あだな）で呼ぶ人間は根木しかいない。自分だけに許された呼び名だと言って憚らないが、琉生本人にとっては羞恥プレイでしかない。

「ま、まさか。みんないい人ですよ、戸倉アナもイロイロ教えてくれて……」

いきなり肩を掴まれ、大きな振動とともに壁に押しつけられた。後頭部をしたたかに打ちつけて、目の前に星が散る。

「俺と一緒のときに他の男の話すんなって。……なぁ、いいだろ？」

なんの脈絡もなく、衣装の裾から手を入れられた。シャツをたくし上げ、ごそごそと腹をまさぐられる。ドッと冷や汗が出る。

「い、いいわけないでしょ、これ衣装だし。もう呼ばれるし」

手首を掴み、やんわりと引きはがした。

壁を一枚挟んだ廊下は、イベントスタッフや演者たちが通行に使っている。見られでもしたら、どんな噂を立てられるかわからない。

だが、やんわりと拒んだくらいで根木は引き下がらなかった。逆に手を掴まれ、今度は根木の下腹部へと導かれる。

「じゃあ、ちょっとだけ触って」

股間を握らされそうになり、琉生は慌てて手を引っ込めた。

そんなもの、たとえ服の上からでも触りたくない。だが、なにを勘違いしたか、根木はにやにやと笑っている。

「わかる？　勃っちゃった、控室で顔見たときからギンギン」

「…………」

言葉もないまま、琉生はかすかに眉を寄せた。

——根木のこうした行為が始まったのは、P-LieZへの加入が決まった直後からだった。

『俺が後ろ盾についていれば、どんなタレントも売れるよ。俺が売ってみせる』

その言葉を頼もしく思ったのも束の間、根木は琉生の耳許でこうつけ加えた。

『——ただし、琉生の態度次第だけどな』

相手は事務所の常務取締役でP-LieZのプロデューサーだ。

力関係を思えば逆らえない。……という理由もあるが、それだけでもない。

やんわりと躱しつつも、うまく機嫌を取っていれば仕事がもらえる。仕事が増えれば、グループの知名度も上がる。

P-LieZを売ってほしい。ソロでもグループでも露出の場がほしい。琉生の焦りと下心を、根木は見抜いていたのかもしれない。

実際に根木と寝たことはないものの、きっぱり拒んだこともない。それをいいことに、いまでは琉生に惚れているだのお気に入りだのと公言して憚らない。そんな根木のあからさまな贔屓が原因で、P-LieZ結成一年目からすでにふたりも脱退している。いま残っているメンバーとの関係も、うまくいっているとは言い難い。

だが、四人にまで減ったP-LieZを存続させるにも、根木の力が必要だった。エスカレートするセクハラをどうにかいなし、「P-LieZとして売れるために」とか言うそばから、自分こそがP-LieZの不和の種となっている。

悪循環もいいところだ。いや、それさえも言い訳か。

「ちょ……っ根木さんっ」

琉生の下半身にも手を伸ばし、衣装の上から股間を擦って来た。揉みしだこうとする手の気色悪さに、ぞわぞわと鳥肌が立つ。

同性愛を否定するつもりはない。だが根木には嫌悪感を感じる。打算しかないのに恋愛ぶっているところも、わかっていて拒めない自分にも。

「王子だって気持ちいいんだろ」

気持ちいいわけがない。

心の中で言い返しながらふと、脳裏に金曜日の夜の出来事がよぎった。

正直、翌日のリハは身体が動かないかもしれないと思っていた。だが実際は、飲み歩いた翌日程度の影響しか感じなかったのが不思議だった。琉生の身体を乱暴に扱うこともなかったし、もしかしたら意外と気を遣われていたのだろうか。

(まさか)

激しい情事を思い出しそうになり、慌てて首を振る。

危ういタイミングを見計らったかのように、廊下のほうから琉生を探すスタッフの声が聞こえた。自分たちの出番が来たようだ。

「ほら呼ばれてる、根木さん、タイムアウトです。根木さん、……根木さんっ」

ようやく根木が、はーっと溜息をついて身体を離した。

（助かった……）

衣装の乱れを大急ぎで直す琉生を、根木はじっとりとした目で眺めている。

「焦らすねぇ。そうやっていつも」

「簡単に手に入る男は飽きられるのも早い。って教えてくれたの、根木さんでしょ」

「さーすが琉生王子、男心も掴むのうまいねぇ。ま、そういうことにしといてやるわ」

最後まで居丈高な態度のまま、根木は個室のドアを開けた。

幸い、小便器のほうにも人影はない。琉生はほっとして、根木を振り返る。

「じゃあ俺、頑張って来るんで本番、見といてください」

セクハラを躱しつつも、リップサービスは忘れない。そんな自分を嫌悪しながら、琉生はステージの裏方まで猛ダッシュする。

（最悪だ……なにもかも）

青臭いと笑われてもいい。いまのメンバーで売れたかった。

いつか全国ツアーでドームコンサートをやりたいとか、武道館を客で埋め尽くしたいとか。どんなサプライズでファンを喜ばせようかとか。そんな夢を合宿所で語りあった日々が走馬灯のように脳裏を巡る。

頑張れば、努力すれば、きっと叶えることができると思っていた。

そんな未来を本気で信じていたなんて。

「ごめん！　遅くなった」

急いでヘッドセットマイクをつけた。条件反射的にアドレナリンが放出され、ボルテージが上がって来る。

全員でステージに駆け上がると同時にド派手な演出で音楽が鳴り響き、リリースされたばかりの曲のイントロが始まった。

カラフルなサイリウムで埋め尽くされた観客席から悲鳴じみた歓声が上がる。

ジェントルなユージンはディープレッド、小悪魔なトモアキはカナリアイエロー、ワイルドなキョウスケはハンターグリーン、そして王子様はロイヤルブルー。

直前までの険悪な空気など嘘のように全員で笑顔を振りまき、ファンサービスに努める。なにはともあれ、観客を前にした生コンサートは一体感が気持ちいい。黄色い声援を一身に浴びながら、歌って踊って、ステージから花道までを激しく動き回る。

『こっち向いて』

『ハート描いて』

『これからも好きでいていい？』

熱烈な応援うちわのメッセージに応えれば、感極まって泣き出す女の子も少なくない。それを嬉しいと思う反面、逃げ出したい思いに駆られることがある。『琉生だいすき』『ガチ恋してます』そんなうちわが視界に入り、激しいダンスのさなかでありながら、ふと真顔になった。

（……ガチ恋）

アイドルに、本気で恋をするなんて、そんな思いはいまだけだ。もしかしたら明日には担下りして他のアイドルに同じことを思っているかもしれない。理想から外れただけでファンからアンチに掌返しされることもある。

メンズアイドルの現実はシビアだ。飽きられれば消えていく。女性アイドルのように「卒業」することもなく、ひっそりと表舞台からいなくなる。

確かなものなんてなにもない。

アイドルは永遠にアイドルではいられない。

音や声援が急に遠くなり、まるで自分だけが奈落に落ちたみたいな感覚に襲われる。カラフルだった景色が、まるで砂嵐みたいにざらついた灰色へと変わっていく。

（……消えたくない……）

強い恐怖に背筋が凍え、危うく歌詞が飛びそうになった。

失いたくない。P-LieZはかけがえのない自分の居場所だから。

生き残るためには売れなければならない。でも現実は思うようにいかなくて。短期決戦の日々の中、ただ漠然と焦燥に駆り立てられている。このままモチベーションも維持できずに、自分たちが目指していた未来さえ忘れてしまったら。

「……P-LieZの皆さんでしたー！」

はぁはぁと息を切らせ、手を振りながら歓声を浴びてハケる。

四人ですべてを出し切るつもりだったが、途中から気が散って思うようなパフォーマンスができなかった。ステージを降りながら、本末転倒だと琉生は内心で自虐する。自分自身、目立つほどのミスはしなかったが、不完全燃焼なのは否めない。

汗だくで控室に戻るなり、キョウスケが派手に椅子を蹴飛ばした。

「艶嶋フリ間違えてただろ、二曲目」

「え、うん……ごめん」

ミスを指摘され、ユージンがしゅんとする。よせばいいのに、横からトモアキが突っかかる。

「キョウスケだって歌い出しトチったくせに」

「音外しまくりのヤツに言われたかねーな」

「おいやめろよ、せっかく……」

止めに入った琉生にまで、とばっちりが飛んで来た。

「琉生はいいよね！　なにしても怒られないから」

トモアキの含んだ物言いに、すんでのところで怒りを抑える。

プロデューサーに色目を使い、特別扱いされている。トモアキだけじゃない、みんなそう思っているから嫌味のひとつも言いたくなるのだろう。

自己犠牲なんておこがましいことは思っていない。自分から、望んで抜け駆けしようなんて思ったこともない。

最近、役者をやりたがっていたユージンに、端役だがドラマの話が来たのも、トモアキが公式で配信チャンネルを開設できたのも、キョウスケがゴールデンのバラエティに呼んでもらえたのも、元はと言えば琉生が根木に頼んだからだ。

「…………っ」

――駄目だ。

知られれば、皆のプライドを傷つける。いまさら実情を話したところで信じないだろうし、話したところで軽蔑されるだけだろう。それならひとりだけ根木に取り入ってうまい汁を吸っていると思われていたほうがまだましだ。いまのP-LieZは、いつ空中分解してもおかしくない。言い争うのは得策じゃない。

だんまりを決め込むと、途端に白けた空気が流れた。キョウスケはまた舌打ちして着替え始め、トモアキはスマホを手にＳＮＳを更新する。

ユージンだけが気を使ってしきりに話し掛けて来たが、いまはそれすら煩わしい。琉生は無言で着替え終わるとマネージャーを待たずに外に出た。

かっ飛ばしたい、と思うのはこんな夜だ。車があれば手っ取り早く憂さ晴らしもできるだろうが、タレントの運転は事務所から禁止されている。免許だけは頼み込んで取らせてもらったが、あると運転するだろうからと車の所有も認められていない。

事務所の移動車に乗り、事務所が借りてくれた自宅マンションの前で降りる。だが琉生はエレベーターには乗らずにスマホを操作し、リビングのライトをつけた。自宅に戻ったと勘違いした運転手が車を出すのを待つ。移動車が走り去ると、琉生はもう一度外に出て、タクシーを拾った。

「六本木、行ってください」

向かった先は、何度か顔を出したことのあるクラブだった。

メインフロアでは音楽イベントの真っ最中で、ＤＪが煽るままに外国人や露出度の高い女たちが髪を振り乱して踊っている。

ガラス張りのＶＩＰルームに通された琉生を待っていたのは、若い男女のグループだった。見知った顔ばかり、今日は二十人ほどだろうか。ここにはいつも一目でパリピとわかる風体の若者たちが立ち替わり入れ替わり屯（たむろ）っている。

「よぉ。琉生じゃん」

電子タバコを咥えた男が琉生に気づき、ケバい女を抱き寄せていた手をあげる。苗字は覚えていないがヒロキと呼ばれていたはずだ。有名広告代理店の社長の息子で、親のコネをちらつかせては駆け出しのモデルや売れないアイドルを食いまくっているらしい。ヒロキはしなだれかかっていた女を追い払うと、琉生に向かいに座れと手招きした。

「久しぶり」

「忙しそうじゃあん。今夜は、えーとイレブンナイトだっけか、ねぇの？」

「バーカ、ナイトテンだよ。今日は昼にドルフェス」

深紅のベルベッド生地のソファに身を沈め、強い酒を食らう。成人してすぐ酒を覚え、港区界隈のクラブやバーに頻繁に出入りするようになった。来ても楽しいと思うことは少ないが、こんな夜はひとりで部屋にいるより気がまぎれる。

ＶＩＰルームで屯する若者たちは、半グレスレスレの輩からＩＴ社長、はては芸能人崩れから大企業の重役の子息子女まで幅広い。

「そうそうナイトテン。マネージャーにべったり見張られてるんだろ？　そりゃ飲みにも行けねぇわな」

気晴らしに飲みに繰り出したのに、ナイトテンの話題を持ち出されて苛立ちが募る。

明日は月曜、嫌でもあの男と顔を合わせることになるだろう。週の初めにある会議には必ず出るように言われている。一体どんな顔をして現れるのか。

否、一度寝たからと言って態度を変えるようなタイプじゃない。だったら自分も、平然と振る舞うのが正解だろう。

無言で酒を煽り続ける琉生をよそに、外野は勝手に盛り上がっている。

「そーそ、夜の看板ニュース番組レギュラーともなれば、ハメは外せないよなー」

「まぁ……つっても、サブだけど」

「すごーい」

囃(はや)し立てるのは、いわゆるおっぱい要員として呼ばれているギャラ飲み女子たちだ。業界人が集まる店やパーティーに出没し、常に情報収集に余念がない。ある意味、ワイドショーの記者よりも業界の情報通かもしれない存在だ。

「隣、いい？　戻って来たらアイリの席、取られちゃってて」

甲高いアニメ声に顔を上げると、肩を大胆に露出したミニワンピの女性が立っていた。どこかで見た顔だと思ったら、現役女子高生を売りにしたアイドルグループのメンバーだった。名前は木苺乙女(ラズベリーシスターズ)だったか、中でもセンターのアイリは、スカート長めの天然ピュアなキャラで売っていたような記憶がある。

だが目の前にいる彼女は露出度の高い服を着て、片手に酒を持っていた。

「いーけど、ジョシコーセーがこんなとこ来ていいのかよ」

少し横にずれながらそう言うと、腰を下ろしたアイリは悪びれもせず明るく笑った。

「いーのいーの。アイリ、公式は十七歳だけど本当は二十三歳だし」

「年上かよ。サバ読みすぎ」

「ファンにバレなきゃいいんだし、私はまだましなほう。リーダーのアーコりんなんて本当は三十近いのにセーラー服着て『三年限定☆木苺ぴょん』とかやってんの、ウケル」

　酒のグラスを持つアイリの手にはダイヤをちりばめた時計とバングルが光っている。どちらもハイブランドの限定品だ。琉生の視線に気づくと、「港区オジさんからの貢物」と見せびらかしながらけらけら笑った。

「わざわざ言うなよ、そういうの引く」

「えーパパ活くらい普通だよ？」

「俺は、ファンだけは裏切りたくねーけどな」

　非難されたと思ったのか、アイリはきゅっと眉を跳ね上げた。酔っ払い特有の呂律でまくし立てる。

「アイドルがつく嘘も夢のうちじゃん。売れるならゴミだって物販に並べる世界だもん。っうわ、ヤバ！　マネージャーからだ。家にいないのバレたかなー。ちょっとごめんね」

　胸元からスマホを取り出したアイリが慌てたように立ち上がる。スマホ持ち込み禁止と出入り口で言われた気がするが、ひとに拠るようだ。

（ルールもなにもねぇな……）

向かいのソファではヒロキが派手な女性と顔を寄せ合い、スマホでツーショットを撮っている。会話から察するに、どうやら地下アイドルをやっているらしい。ヒロキはつい最近まで、琉生と同じ事務所の女性アイドルに熱を上げていたはずだが、いまは目の前の女をお持ち帰りする気満々だ。

ふたりがいちゃつく姿を辟易しながらしばらく眺めたが、VIPルームを出て行ったアイリはそのまま戻って来なかった。マネージャーにバレて帰らされたのか、あるいは別の楽しみでも見つけて乗り換えたのか。夜はまだこれからだ。

「あーっ、夜のニュースの人じゃん、元気?」

顔なじみの港区女子たちが琉生を見つけ、グラスを手に席を移って来た。

「ニュースなんて見てねぇくせに」

「失礼ねぇ。戸倉アナでしょ？　毎日会えて羨ましーっ」

ギリギリ下着が見えない角度で足を組み、エリナとジュリが声を合わせる。ふたりとも細い二の腕と肉感的なボディに、ブランド物のノースリーブのミニ丈ワンピを纏っている。形こそ違えど、靴底の赤いピンヒールを履いているところまで同じだ。

「あんなのがいいわけ?」

「あんなのって。キー局男性アナの中で抱かれるなら絶対戸倉さんがいい」

彼女たちの夢は起業家だったりプロ彼女だったりと会うたびにコロコロ変わるが、とにかく肉食系で野心家だ。トップアイドルならいざしらず、彼女たちにとって琉生などただの飲み友達でしかない。

「そういう奴ほど掘ったらなんか出て来るんじゃね」

「って思うでしょ？　ＪＨＫ時代、文冬の記者が一ヶ月張りついてなんにも出て来なかったって。移籍後のＪＢＣ局内じゃ来年のオリンピック実況キャスター有力候補らしいし、私生活も気をつけてるのかも」

『文冬』は、タブロイド系の週刊誌だ。なりふり構わぬ取材姿勢で、企業の不祥事や、芸能人のスキャンダルを数多くすっぱ抜いている。ちょっとしたことでも針小棒大に書きたてたり、ねつ造記事も多いと聞くから、本当に「何も出なかった」のだろう。

戸倉の裏情報でも聞き出せるかと思ったが、そんな彼女たちからの評価でさえ「かっこいい」「素敵」「抱かれたい」のどれかしかなくて、うんざりする。

「ちなみにソースは？」

いまやＪＢＣの夜の『顔』とも言うべき戸倉がモテないはずはなく、裏ではうまくやっているに違いない。情報源を訊ねると、ハルカは得意げに片目を瞑った。

「友達がＪＢＣの女子アナなの」

「……。あっそ」

友達と言ってもどうせ合コン仲間だろう。

だが、そんな情報が漏れて来るあたり、ＪＢＣ社内で戸倉がどんな目で見られているかがうかがい知れるというものだ。出る杭は打たれる。妬み嫉みもあるだろうが、アノウンサー室では浮いた存在ということも充分あり得る。

「もしかして、嫌われてるとか」

「そこまでは……でも、徹底して実力主義らしいよ。女性関係も私生活もきっとほら、清廉潔白？　潔白？　なんじゃない？　キャー！　超かっこいい」

そういえば、真崎も似たようなことを言っていた。

新人時代から目立つ存在だったにも拘わらず、私生活はいまだ謎のままだ。華やかなルックスや経歴とは裏腹に、週刊誌の記者にすら尻尾を掴ませない。徹底した秘密主義者だ。

「二重人格かよ」

ぼそりと呟く。

この業界に清廉潔白な人間がいるはずない。

清楚を売りにしているタレントほどプライベートでは異性関係が乱れていたり、酒に薬にやりたい放題やっていたり。そんな姿をいやと言うほど目にして来た。

なによりあの、女どころか男も抱き慣れた熟手ぶり、タイミングを逃がさず言質をとる周到さ。あれは修羅場を潜り抜け、表裏の顔を使いわけて生きてこそ身につくものだ。

（今度はこっちが暴いてやる……）

ベッドでの戸倉の顔を思い出し、琉生は無意識に唇を噛んだ。あの低い声を思い出すだけで痛みにも似た疼きがそこかしこに走る。安堂の産休が明けるまでとはいえ、それなりに長く付き合う相手だ。やられっぱなしは性に合わない。

「なぁ、ちょっと頼みあるんだけど」

「なになに？　エッチなパーティー？　エリナ、琉生クンならギャラなしでいいよん」

「ヤリモクのエロおやじと一緒にすんな」

アクティブで顔の広い港区女子はなにかと便利だ。少々、後ろめたいことでもマネージャーに内緒で協力してくれる。

しなだれかかる女の身体を引きはがし、ピアスの揺れる耳許に企みを囁いた。


クラブで朝まで飲み明かし、遊び回った結果、月曜日は見事に寝坊した。

ナイトテンの打ち合わせは昼からだったが、寝坊のせいで先に入っていた仕事が押してしまい、実際に局に入ったのは予定より一時間以上も過ぎてからだった。

「すいません、遅くなりましたっ」

会議室に入るなり、石黒が青い顔でぺこぺこと頭を下げる。すでに打ち合わせは終盤に差し掛かっており、月曜スタッフたちの間にはピリついた空気が漂っていた。

「遅刻は厳禁だと言ったはずですが」

一時間以上も遅れてやって来た琉生に、戸倉が苦言を呈する。

なりゆきで寝たことなど、彼の中では「なかったこと」になっているのか。顔を合わせても気まずそうな素振りすらない。いつもと変わらない、整然とした佇まいだ。

琉生は無言のまま、しれっと戸倉の隣に座った。あの程度のことで屈辱など感じていない。不遜な態度をこれでもかと見せつける。

「午前の仕事が押したんだよ。……てかこれなに」

机に置いてあった資料にふと、目を留める。

「見ての通りだ」

ナイトテンは番組前半に時事ニュースを纏めて報道し、後半に特集を組む構成となっている。一時間もののニュース番組ではよくあるスタイルだ。

特集は「いま、世の中で起きていること」と題し、週ごとにひとつのテーマを掘り下げる。このところ幼児の放置死事件が立て続けに起きたこともあり、今週からは二週にわたって少子化、若年層の中絶、貧困と児童虐待、育児放棄などを取り扱っていく予定になっていた。そのこと自体は承知していたのだが。

「ちょっと待って、俺スタジオから出されるってこと?」

カメラ、音声、ディレクターなどの取材班定番メンバーの中に、しっかりと真宮琉生の名前が連ねてあった。いつの間にか、フィールドワークに出されることになっていたらしい。現場に出向いて取材、中継するフィールドキャスターはすでに結城という名の男性アナがいたはずだ。

「そちらのスケジュールは調整すると聞いた。なにか問題でも？」

戸倉の言葉に思わず石黒を振り返る。だが大きく頷いているところを見ると、スケジュールはすでに押さえられているのだろう。伝えられた予定を聞き流してしまったせいで記憶にないということはこれまでにもよくあった。前科があるだけに異議を唱えにくい。

「スタジオの仕事以外したくないとは言わないけどさ」

「喋りたいんだろう？　カメラの前で」

サブキャスターがフィールドキャスターを兼ねることは、それほど珍しいことではない。スタジオの仕事以外したくないなんて口が裂けても言わないが、これではまるで新人アナウンサーの研修みたいだ。

「まぁまぁ。真宮くんもさ、リポートだって立派なキャスターの仕事だよ？　フィールドワークって勉強になるから」

「……真崎さん……」

仕事を選べる立場ではない。

戸倉の意見はともかくとしても、番組プロデューサーからやれと言われたらＮＯとは言えない。舌打ちしたい気持ちで渋々と頷く。

「……わかりました」

まさか二週目にしてスタジオから追い出されるとは思わなかった。

毎日というわけではないにしろ、フィールドワークは過酷だ。天気や雑音に振り回され、実際にオンエアされるのは撮影したVの十分の一もない。つまり、放送される分の十倍もの時間分を実際には撮影しているということだ。

会社員であるアナウンサーと違い、タレントは他にも様々な仕事が入る。そのためキャスターとして絡むシーンだけを纏め撮りすることも多く、その場合は朝から晩まで拘束されっぱなしになることも珍しくない。

（やっぱあいつ絶対、ただじゃおかねぇ）

打ち合わせが終了し、スタッフは席を立ってぞろぞろと仕事に戻っていく。

会議室を出ていく戸倉の背に、琉生は不貞腐(ふてくさ)れた顔で中指を突き立てた。

「……で、戸倉さんからアナウンス力のかけらもない、って言われた、と」

「はい」

「きっついなァ」

移動中のロケ車内、通路を挟んだ向かい側で、結城雅臣が苦笑いする。

ナイトテンでフィールドキャスターを務める彼は、『明るく気のいいお兄さん』といった雰囲気の、爽やかな青年だ。趣味は筋トレと言うだけあって、どことなく子供のころに見ていた幼児番組の「体操のお兄さん」と似ている。初めて会った気がしないほど親切で人懐こく、ロケ車の中でつい愚痴をこぼしてしまったくらいだ。

「あいつ、なんなんすか」

バスに揺られながら琉生は唇を尖らせる。

スタジオを出されたとて、ナイトテンにはすでに結城というちゃんとしたフィールドキャスターがいるから、自分にお鉢が回って来ることはほぼないだろう。気楽さも手伝って平気で放言する琉生に、結城が慌てて人差し指を立てた。

「シー。あいつなんて言っちゃダメだよ真宮くん。すごい人なんだから」

「すごい性格悪いっすよね」

「いやいや…会えないって有名な政治家や実業家も戸倉クンがインタビュアーならって引き受けたこともあるんだよ、ついたあだ名がオトシの戸倉」

「刑事かよ」

「それだけ信頼があるってこと。伝えたい内容を、純度そのままで視聴者へとわかりやすく伝えることができるって、簡単なようで稀有な能力だから」

「ふーん……？」

「そのうちわかる。僕も日々、勉強させてもらってるよ」

結城はずいぶん戸倉のことを尊敬しているようだ。たしかにキャリアにおいては戸倉のほうが先輩だが、他局から移籍してすぐメインキャスターに据えられた相手に嫉妬も感じないなんて、やはり人が良いのだろう。

やがてロケ車は目的地に着き、予め許可を取った場所に停められた。人や機材が慌ただしく動き始める。

今日撮影するのは、再来週に放送予定の特集で扱う『子ども食堂』。地域住民や自治体などが主催する食堂で、様々な事情を抱える子供たちに無料もしくはごく低価格で食事を提供する。子供の貧困をテーマにするなら最適な取材先だろう。

だがカーテンを開け、窓の外を覗いた琉生は戸惑った声を上げた。

「今日って『子ども食堂』じゃなかったんすか」

そこは新しくオープンしたばかりの商業施設だった。特集の取材リポートだけを担当するものと思い込んでいたが、違ったらしい。結城が苦笑いしながら台本を指で示した。

「ロケ台本読んでない？　子ども食堂はこの後行くけど、今日は夜に流す街録が先。人きな声じゃ言えないけど、スポンサーから依頼されたＰＲも入ってるから心して」

「ＰＲ……」

結城によれば、ニュースの体を取ったプロモーションは意外に多いらしい。

この施設も番組のスポンサーの関連企業が出資している。ステルスマーケティングと非難されそうだが民放のニュースショーなら当然だろう。

新しい観光スポット、巷で話題の便利商品なども実際のところは、ニュースという体で放送する巧妙なＰＲだったりする。

報道番組とワイドショーの区別も曖昧な自分が言うのもなんだが、それでもナイトテンは政治経済ビジネス色が強いイメージだったから、こんな仕事もあるのかと意外に感じた。

「真宮くん甘いもの好きだっけ。ならチャンスかも。しばらくは僕の横について、いろいろ覚えて。さ、準備いい？」

「え？　ああ、はい」

最終チェックを済ませた結城に続いて、ロケ車を降りる。

ろくに読んでもいなかった資料を慌てて確認したところ、ここでの取材目的は今日オープンしたばかりのチョコレート専門店街のようだ。毎年バレンタイン時期に行われるサロンデュショコラとは違い、一店舗ずつ常時出店という形で展開するのは日本初とあってかなり話題になっているらしい。

「はい、こちらはワンフロアすべて、チョコレート専門店が立ち並ぶショコラフロア！バレンタインのサロンデュショコラが常時開催されているような、夢の空間ということですが……」

クルーらとともにフロアに上がり、早速リポートを始める結城を追い掛ける。カメラやクルーに紛れるようにしてついていくが、立ち込める甘い匂いに早くも酔いそうだ。カメラに気づいた若い女性客数人が琉生を見つけ、アッという顔をして振り返る。

(知ってくれてる……?)

P-LieZの知名度も少しは上がっているのだろうか。スマホ片手に立ち止まったり、遠巻きに「キャーウソー」「本物?」などと顔を紅潮させてヒソヒソ話したりしている女性もいる。ファンとの交流以外にも、こうしてテレビに出ることの意義を確認できたようで琉生は少しばかり気をよくした。最初こそ文句たらたらだったが、フィールドも悪くないかもしれない。

それにしても、スタイリッシュで洗練された空間に、日本初出店の超高級チョコレート店が立ち並ぶ様は圧巻だ。

琉生の脇をすり抜け、走っていったクルーが並んでいる女性客に声を掛ける。番組の名前が入ったポケットティッシュを渡し、何事か説明しているようだ。

「……では早速、お客さんにお話を伺ってみましょう!」

すみませーん、と結城が寄って行ったのは先程クルーが声を掛けていた女性たちだった。

「ガラスケースからゆっくり選べるのでいいと思います。毎年、バレンタイン時期は百貨店で戦争だったから嬉しい」

「せっかく高級店のチョコなのに、お祭りの出店みたく揉みくちゃになりながら買うのって結構つらいし」

仕込みの女性客が結城のインタビューに答えるのを、ぼーっと眺める。最初のうちは、見て覚えるよう言われたが、どうしても手持無沙汰なのは否めない。スタッフのOKが出たところで、カメラクルーのひとりが寄って来てそっと耳打ちした。

「真宮さん、ちょっとだけ食リポいってみますか」

「え！　いいんですか」

本当はケーキもチョコレートも苦手だが、事務所が公表している真宮琉生の公式プロフィールには「嫌いなものは辛いもの」で「好きなものは甘いもの」などと書かれている。自分から申告した覚えはないが、これもマネジメントの一環らしい。

幸い食物アレルギーはないし、食べられないほど嫌いというわけでもない。適当に、おいしそうなリアクションをとるだけなら楽勝だろう。

「こちら、エメラルドチョコレートといいまして、着色料ではなくグリーン・カカオと言う原料由来の色なんです。大変珍しいので、どうぞ召し上がってください」

日本人の男性ショコラティエが説明しながら、翡翠色のチョコレートが乗った白い小皿を差し出した。東京初出店、しかも初日ということでかなり張り切った様子だ。

摘み上げたチョコレートをカメラマンが撮影し、見た目をリポートする。そのあとは琉生がチョコレートをカメラに見せながら「いただきます」と口に入れるだけ——台本なんてあってなきがごとし、そう高をくっていたのだ。

「いかがですか」

「んー……ん？」

口の中の咀嚼物を見せるのはご法度だ。もぐもぐと口を動かし、必死で笑顔を作るものの、ねっちりしたチョコレートを飲み下すのに必死で言葉なんて出て来ない。

「甘い、ですね。おいしい」

やっと出たのがありふれたコメントで、ショコラティエは苦笑いした。慌てて「中にキャラメルみたいなのが入ってて」などとどこかで聞いたようなセリフを苦し紛れに続けたが、かえって白けた空気が漂う。

（みたいなのってなんだよ……こんなんじゃ……）

爪痕を残せなければ次はない。アピールしなければと焦ったが、そんなボキャブラリーもない。

結局、しどろもどろのまま初リポートは終了し、結城が代わって撮り直した。

その場はどうにかなったものの、撤収するカメラマンの「ほんと使えねーな」という溜息交じりのつぶやきが聞こえて来る。

「お疲れ。リポはともかく、カメラ映りは悪くなかったよ。だれも傷つけないコメントだし、初めてにしては上出来」

「……すみません……」

結城から水を受け取り、琉生は肩を落とした。甘いはずのチョコレートの後味がひどく苦く感じる。戸倉が言った通りだ。彼がこのVを見たらどう評価するだろう。

生放送でもない現場からのリポートなんてつまらないと思っていた。しかし実際に入ってみると原稿通りにはいかなくて、いざカメラの前に立たせてもらっても話せない。

ただ、スタジオにいるときとは違う角度で物事を見られることは新鮮だった。結城は自分に気を使ってくれ、カメラ映りや喋りの基礎をロケ車の中で教えてくれたりする。

結局、放送時にそのシーンは使われなかった。当然だろう。次こそはと思いつつも次があるかどうかは微妙なところだ。

お飾りの存在には変わりなかったが、琉生はおとなしく結城にくっついてフィールドワークをこなし続けた。そして迎えた金曜日、仕事終わりの短い反省会の後で、琉生はスタジオを出ようとする戸倉を神妙な顔で捕まえた。

「あのさ、今日、時間ない？」

「仕事が残っている」

「じゃ、土日のどっかで」

「土曜はセミナー、日曜は夕方からラジオだ」

「え、ラジオなんてやってんの」

「それより要件を言え」

「あ……っと、相談があって」

疑わしそうな目で見られ、慌てて続ける。

「お、俺だってあれから真剣にやってんじゃん！」

まだ五日だが、フィールドワークも文句を言わずにこなしている。戸倉は頷き、ポケットから手帳を出した。収録中はスマホを持たない主義のようだ。

「わかった。月曜、ナイトテンが終わった後に時間を取ろう」

「連絡のために〝LIER(リーエ)〟のＩＤ教えて」

〝LIER〟は国内最大シェアを誇る無料トークアプリだ。戸倉は嫌そうだったが、待ち合わせのためと言って無理やり聞き出し、しっかり自分のＩＤも登録させる。これでいつでも連絡する手段ができた。

「月曜までに店とか連絡するから。よろしく」

内心ほくそ笑みつつ、表面ではしごく真面目な顔で礼を言う。戸倉の性格からして、すっぽかされるようなことはないだろう。

戸倉を呼び出したのは港区内にある会員制ラウンジだった。

根木がオーナーと顔なじみらしく、一、二度連れて来られたことがある。裏にも日立たない出入り口があり、芸能人同士のお忍びデートにもよく使われているらしい。

琉生が予約したのは、店の奥にある個室だった。ちょっとしたパーティーでも使えそうな広さでプライバシーを守れる。

戸倉は約束の時間よりかなり早くやって来た。

店員に案内され、個室に入って来た彼は、今夜の放送のときと寸分変わらないスーツ姿だ。これから琉生に嵌められることも知らずに、丸テーブルのひとつ空けた席に座る。

「なんか軽く飲めば？」

念のために、早めに来ておいて正解だった。

まずは気持ちよく喋らせて、準備が整うまでの時間稼ぎだ。内心ほくそ笑みつつ、もっともらしい顔で酒を勧める。だが戸倉はまたも「アルコールはいい」と断った。

「相談に乗るときに、酔っていては失礼だろう」

オーダーを取りに来た蝶ネクタイの店員に、ウーロン茶をふたつ頼む。店員が出て行ったあとで、「飲まないんだな」と戸倉が言った。

「真面目な相談だし」

あんなことがあってから、二度と戸倉の前で酒は飲まないと誓った。からかわれるかと身構えたが、戸倉は表情を崩さないまま、背筋を伸ばして琉生を見た。

「では、真面目な相談とやらを聞こうか」

「詳しくは飲み物が来てから話すけど……俺、どうしたらいいかわからなくて」

店員が戻って来て、オーダーしたウーロン茶がふたりの前に置かれる。ふたりきりになるのを待って、琉生は深刻そうに切り出した。

「見た目だけとか、アイドルにキャスターが務まるわけないだとか、陰でいろいろ言われてるのは俺も知ってる。結城さんに一から教わってるけど、この前のVも全没になったし。俺、向いてないのかな……って……」

神妙な顔で、用意して来た相談を持ち掛ける。

自分の本業はあくまでもP-LieZだ。

アイドルとして売れたいとは思っているが、アナウンサーになりたいわけではない。しかも、安堂アナの産休中の繋ぎという半端な立場で、自分にはだれも、なにも期待していない。そんな状況で叩かれまくれば気力も削がれる。

戸倉は真面目な顔で聞いていたが、テーブルの上で両手を組んだ。

「向いていない、ということは、ないと思うが」

「なんで、そう言えんの？」

「少なくとも、アイドルだから報道キャスターに向いていない、ということはない。スピードと情報の正しさは必要だが、それだけがニュースの価値じゃない。ナイトテンはできるだけ、真実をありのまま、中立の立場で視聴者に伝えることを大事にしている。スタジオに専門家を呼ぶときも、決して偏ったメンバーにはしない」

「それ、結城さんからも聞いた」

ナイトテンでは、特集の締めくくりに専門家のゲストを呼んで討論させることがある。結論ありきではなく、さまざまな分野の専門家に意見を述べてもらい、結論は出さない。その先は視聴者で考え、判断してもらいたい、というのが戸倉を筆頭としたナイトテンの目指す方向性だからだ。

「いろんなキャスターがいていい。アイドルでも、局アナでも。ただし語彙力は必要だな」

途端に琉生はバツが悪い顔になった。

「もしかして、聞いた？　ショコラフロアの……」

「編集室で見させてもらった」

「………」

「ひどいものだったな」

返す言葉もない。

我ながら、忘れてしまいたいくらい最悪な初リポートだった。

「もうわかったと思うが、無理に演じようとすると齟齬が出る。報道キャスターとしてテレビに出るなら、『好かれたい』ではなく『嫌われない』ことを意識したほうがいい」

どれほどけなされるかと覚悟したが、まっとうな助言をもらって瞠目する。

「好かれるのと嫌われないのとじゃ、ずいぶん違う……」

たしかにカメラの前に立つ自分は、いつも画面の向こう側にいる視聴者に『好かれよう』としていたように思う。

アイドルならそれが当たり前だし、正しいと思って来た。だが、キャスターは嫌われない話し手であることを求められると知って目から鱗が落ちる。

「そうだ。夜の報道番組の視聴者層は幅広い。報道キャスターは、テレビの向こう側に三世代いると想定して話すものだ。それを意識したことは？」

琉生は左右に首を振る。そんなこと、言われるまで気にしたことすらない。

「視聴者を意識することはキャスターとしての基本事項だ。言葉を適当に扱う人間にキャスターは務まらない。それから、ホテルで指摘した、トークの部分についてだが……」

よどみなく話しながら、戸倉は上着のポケットから黒革のスケジュール帳を取り出した。さらさらとペンを走らせ、破り取った紙片を琉生の前に滑らせる。

「これは？」

「信頼できるボイストレーナーだ。プライベートスクールで話し方のレッスンもしてくれる。教える技術は俺より確かだ」

メモには走り書きしたとは思えないほど整った字で、スクールの主催者と電話番号が書かれている。スクール名をLIERで送ってくれれば済むことなのに、面食らう。

「え、なに、暗記してんの？　ネットで検索すれば出て来るだろ」

「いいや、紹介しか受けつけていない。俺の名前を出すといい。明日には連絡しておく」

そのスクール講師は紹介のみのマンツーマンレッスンで、一般の生徒は募集していないらしい。やるなら最後まで真面目にレッスンを受けなければ、紹介者の顔を潰すことになる。琉生が本気で取り組む気があるか否かを試されている。

「結果が出るかどうかは本人次第だが、何事も努力なしで結果は出ない」

「……サンキュ」

正直、ここまで親身になってもらえるとは思わなかった。ただ、仕込みが発動するまでの時間稼ぎで適当に話を振っただけだ。

それなのに、話がとんでもない方向に向かいそうになっている。

（ったく、なにやってんだあいつら……）

腕時計を確認し、メモを胸ポケットに押し込んだときだった。

「それから、見た目……だけ、では困るが、カメラ映えするのはいいことだ。才能のひとつとして自信を持っていいと思うが」

「……へ？」

意外な言葉に思わず顔を上げる。

「その顔は嫌いじゃない」

真摯な表情で見つめられ、わけもなく鼓動が早まった。

戸倉はこの顔をそれなりに評価しているらしい。思い返せば、情事の最中もやたらと目が合った。あの夜の一部始終が脳裏を過り、戸倉の顔をまともに見返すことができなくなってしまう。

「そういえば、結城アナとはうまくやれてるようだな」

妙な空気になり掛けたのを察してか、戸倉がさりげなく話題を変えた。

不自然に目を逸らしたまま、琉生はぼそぼそと答える。

「まぁ。結城さんめっちゃフレンドリーだし、優しいし。ミスしても怒らないで教えてくれるし、部活の先輩みたいな感じ」

「……。そうか」

結城は戸倉のことをかなりリスペクトしているようだった。だが、戸倉は同僚と慣れ合うタイプではないらしく、アナウンス室でも積極的に関わることはないようだ。しかし予定外に面倒を見ることになった琉生に対しては、意外にも嫌な顔ひとつせずアドバイスをくれる。

「うん。言葉の表現とかコメントとかも、うまいなって見てて思う。あ、あとなんか、結城さん、戸倉さんのこと超褒めてた。尊敬してるって。あんた、すごいんだな」

「………………」

だんだんと戸倉の口数が減って来たのに気づいて、琉生は口を噤んだ。間接的に褒めたつもりなのに、なんだか不機嫌そうに見える。

(照れてるのか?)

優秀なアナウンサーとはいえ、結城は若い。オリンピック担当アナに内定している戸倉のライバルにはなり得ない。あなたの後輩があなたを褒めていましたよ、なんて言われたら、普通は喜びそうな気もするのだが、なにが気に入らないのだろう。

内心、首を傾げたときだった。

「真宮クンお待たせーっ!」

個室のドアが開き、馴染みの港区女子三人組が入って来た。エリナとジュリ、それにどこでかぎつけたのかパリピのハルカまで連れている。やっと現れたと思ったら、いつもより三割増し服や化粧に気合が入っている。遅れたのはそのせいだろう。

「きゃー! うそー本物の戸倉アナだ! ツーショ撮っていい?」

琉生そっちのけで三人は甲高い声を上げながら戸倉を取り囲む。

「どういうことだ、これは」

「えー? 合コンでしょ? 戸倉一士を呼んでくれるって言ったから、うちら張り切って来たんだけどー！」

ジュリの言葉に、戸倉の顔色が変わった。

「合コン？」

「いや……まぁ、だって戸倉さん、正直にそう言って呼んでも来ないっしょ……？」

ここまではすべて計算通りだ。女性関係に用心深い戸倉を、こんなふうに騙し討ちにでもしなければ、合コンになんて呼び出せまい。

ようやく事態を察したのだろう。戸倉は軽蔑のまなざしで琉生を一瞥し、「真に受けた俺が馬鹿だった」と吐き捨てて席を立つ。

「相談というのは嘘だったんだな」

「えっ？　それは……」

呼び出す口実にしたのは確かだが、自分の現状や未来について悩んでいたのは本当だ。内容だって嘘じゃない。だが、いまそれを口にしてどうなるというのだ。

「不愉快だ。帰らせてもらう」

「え？　ちょっ、待っ」

引き留める琉生を振り切り、数枚の紙幣をテーブルの端に置いて席を立つ。部屋を出て行く戸倉を、港区女子軍団が追い掛ける。

「あーん待って！　そんな怒らなくてもいいじゃん」

「たかが合コンだよー？　プロ彼女は口が堅いから大丈夫だってば」

——なにが大丈夫だよ。

内心ほくそ笑みながら、琉生はテーブルで会計を済ませる。

近くの路地には、記者とカメラマンが張り込んでいる。

——戸倉一士のスクープネタで、いいものを撮らせてやる。

そうタレこんでわざわざ呼び出した週刊誌「文冬」記者だ。

店内合コン現場でなくとも、女の子たちと店から出て来たところを撮ってトリミングするだけでスキャンダラスな見出しの記事が書ける。表紙に「戸倉アナ六本木美女お持ち帰りの夜」なんて太文字が躍るのが目に見えるようだ。ＳＮＳが発達したいまのご時世、もしかしたら過去のやらかしなんかも芋蔓式に出て来るかもしれない。

計画通り、うまくいくはずだった。

だが、一足先に店を出た戸倉は、女の子たちが追いつく前に店の前の横断歩道を渡り切り、タクシーを止めてしまっていたのだ。

車どおりの激しい道路を挟み、女子たちは横断歩道の赤信号に阻まれて騒いでいる。

（なにやってんだよ……っ）

慌てて物陰に身を寄せ、やきもきしながら様子を見守る。

六本木美女とのツーショットどころか、これではただタクシーに乗り込む戸倉の単独写真になってしまう。そんな写真、スクープでもなんでもない。

横断歩道の信号が青になる。戸倉をなんとか引き留めようと、ピンヒールで走り出したエリナがわざとらしく躓（つまず）いた。

「きゃあっ」

悲鳴を聞いた戸倉が振り返る。

（いいぞっさすがエリナ）

いけ好かない男ではあるが、倒れ込んだ女性を放置できるタイプではない。

案の定、戸倉はタクシーを待たせたまま引き返した。エリナの華奢な腕を取って立ち上がらせる。

「怪我は？　歩けないようならあのタクシーで病院に行ってください」

「あっ、大丈夫です。ヒールも折れてないし」

柄にもなく顔を赤くしたエリナがミニスカートの裾を払っている。

「よかった。どうか気をつけて」

「ハイ」

ぽーっとしているエリナにジュリとハルカが駆け寄る。

「エリナ大丈夫？」

「あ……ウン……」

ふと、戸倉がなにかに気づいたように顔を上げ、それから琉生に目配せした。隠れたつもりだったがバレていたらしい。「出て来るな」というジェスチャーをして横断歩道を横切る。

（あっ……）

早足で向かった先は、店から十数メートル離れた場所にひっそりと停められた、軽自動車だった。

後部座席はスモークが張られ、道路沿いの植え込みスレスレに停められている。髭を生やし、夜なのにキャップを深く被った男がハンドルに手を置いているのが見える。

戸倉は助手席に回り込むと、指先で窓を叩いてウィンドウを下げさせた。

「こんばんは、文冬さんですね」

――終わった。

琉生は暗い夜空を仰いだ。

助手席にいたのは一目でカメラマンとわかる望遠カメラを手にした男性だった。おそらく運転席にいたのが記者だろう。

張り込んでいる側も決して素人ではない。気配を消して張っている彼らの視線に気づくなんてやはり只者ではない。

「あなた方も仕事でしょうが、盗撮行為は感心しない」

観念した様子のカメラマンに、その場でデータを削除させているのが見える。決して威圧的ではないが堂々とした振る舞いに、記者も言い返せない様子だ。

「次は会社の方から正式に抗議させていただきますから、そのつもりで」

二度とするなと釘をさし、軽自動車がそそくさと走り去るのを険しい目つきで見送る。

彼らが撤収したのを見届けると、戸倉は立ち尽くしている琉生には目もくれず、タクシーに乗り込んだ。

「ハニトラ失敗だねー」

いつの間にか、隣にいたハルカが茶化すように呟いた。

「……。うっせぇよ」

走り去るタクシーのテールランプを見送りながら琉生は唇を噛む。

記者たちの車が停まっていたのは、座り込んだエリナから十メートルほど先だった。

彼女を助け起したとき、自分に向けられる視線や気配に気づいたのだろう。そこまで勘が鋭い男が、このトラップを仕掛けたのが琉生だと疑わなかったのだろうか。

（でも、そうとしか……）

戸倉は真っ先に琉生へ「出て来るな」とジェスチャーした。無用なトラブルを避けるためとも考えられるが、それ以前に、琉生が撮られるとまずいと思ったのではないか。

週刊誌にすっぱ抜かれるなら、アナウンサーである戸倉より、アイドルである琉生のほうがダメージは大きい。

「戸倉さん紳士でかっこよかったね！」

「せっかくだし、みんな呼んでぱっと飲もうよ」

「……琉生、どしたの？」

テールランプを険しい目で見つめる琉生を、不思議そうにハルカが覗き込む。

(俺を庇った？)

ありえない。

相談がある、などと嘘をついて呼び出された挙句、来てみれば自分をダシにした合コンだったのに。その上、本当は危うく週刊誌に売られるところだったのに。

自分を嵌めようとした相手を庇うなんてお人よしにもほどがある。

でも、もし、仮に気づいていなかったとして、本当のことを戸倉が知ったらどう思うだろう？

——それだけじゃない。

「……悪い。また今度」

「え、ちょっと琉生ぃ⁉」

琉生は道路に飛び出した。

急ブレーキとクラクションが鳴り響く中、通りかかったタクシーを拾う。

「前の交差点の……赤信号で止まってる黄色のタクシー追ってください」

メモを入れた左胸のあたりがチクチクする。

仕掛けたトラップに失敗したからではない。

戸倉から向けられた軽蔑の視線が脳裏に焼きついて離れない。

琉生のことを嫌っているくせに、あんなに真剣に向き合ってくれようとするなんて思わなかった。もしかして、少しくらいは信頼してくれていたのだろうか。だとしたら自分は最悪なやり方でそれを裏切ったのではないか。

（クソッ……なんで俺がこんな思いしなくちゃいけないんだ）

あの夜の意趣返しをしたいだけだった。自分で仕組んでおきながら、いまさら罪悪感にかられてももう遅い。

『結果が出るかどうかはさておき、努力なしで結果は出ない』

仕事にプライドを持つとしんどいだけだ。適当に頑張っているふりをしていたほうが傷つかない。そんな考えに変わってしまったのはいつからだったか。

キャスティングなど局の責任者の胸三寸、努力しようが根木のお気にいりというコネクションには敵わない。そんな現実を目の当たりにするにつれ、頑張ることから逃げ始めてしまったのだ。

「！　運転手さん、止めて」

戸倉が車を降りたのは、瀟洒なレジデンスのフロントゲートだった。美しい庭園に囲まれ、すぐ隣には共用施設も備えている。近くにはコンビニや高級スーパーが立ち並ぶ人気エリアだ。

「待って」

走って追い掛け、エントランスの前で戸倉の前に躍り出る。

彼の顔には、なんの表情も浮かんではいなかった。琉生の顔を一瞥もしないまま、戸倉はポケットを探りながら口を開いた。

「結局、綺麗なのは顔だけだったってことか」

冷ややかなその台詞が、琉生の胸に突き刺さる。

いつもの自分なら言い返すところだが、息が詰まったように声が出ない。

(気づいて……たんだ、やっぱり)

戸倉は振り返りもしないまま、ポケットから取り出したキーを玄関機にかざした。

二五〇三と部屋番号を押すと、なめらかにガラスの自動ドアが開かれる。

スーツを着た後ろ姿が、煌びやかなエントランスの光の中に吸い込まれて消えていくのを、琉生は成す術もなく見ているしかできない。

(じゃあ、なんで……)

文冬記者を差し向けたのが琉生だとわかった上でなぜ、戸倉は週刊誌のカメラから琉生を守ろうとしたのだろう。わからない。

『顔以外に取り柄がない』

子供のころから両親に言われ続けた言葉がいままた脳裏に降って来る。

わかっている。期待に応えられなかった自分が悪い。先に売れていた姉も妹もいつしかからかい半分で琉生を下に見るようになっていて、実家の居心地は最悪だった。だから、やっとP-LieZとしてデビューして、ひとり暮らしを始めたとき、嬉しくて羽目を外しすぎたりもしたのだ。多少、素行が悪かろうと、法に触れることさえしなければ、芸能人だから、アイドルだから、大目に見て貰える。

『基本のキもできていない』

戸倉に突きつけられた言葉がいままたリフレインする。

基本ができていなくても、だれも琉生に指導やダメ出しをしなかった。プロデューサーも、ディレクターも、マネージャーや事務所のスタッフでさえ。

「なぜ」と問うまでもない。

求められていないからだ。

皆こう言うのだ、歌詞を間違えようが台本の台詞を忘れようが「顔がいいから許せる」――自分はただ、きれいな服を着て、愛想よくテレビに映っていればいい。

でも、戸倉は違った。

忌憚なく琉生の欠点を指摘し、改善に向かうアドバイスをくれた。苦言を呈しただけで終わらず、正しい発声や話し方を身につけるようにとスクールまで紹介してくれたのは戸倉ただひとりだ。

（なのに、俺は……）

立ち尽くしたまま、両の拳を握り締める。

キャスターの席に座る自分を、戸倉はアイドルとしては見ていない。だからこそ、キャスターとしてのスキルを求めた。それがなにを意味するかは馬鹿な自分でもわかる。

俯いたまま、琉生は煌々と光の満ちるレジデンスに背を向けて歩き出した。

翌日から、琉生に対する戸倉の態度にははっきりと変化が表れた。

スタジオでは変わらず愛想よく振る舞っているものの、カメラがないところでは琉生に目もくれない。わかりやすく拒絶のオーラを感じるのだ。

もともと親しく雑談を交わすような間柄でもなかったから、ほとんどのスタッフは気づいてすらいないだろう。ただ、いままでと違うのは、琉生が急に目の前でシャッターを下ろされたような感覚に陥ったことだ。

石黒と真崎だけはふたりの間の温度差に気づいたようだが、それほど深刻な問題として捉えている様子はなかった。お互いにカメラの前ではきちんと仕事をこなしているし、表立ってだれかに迷惑を掛けているわけではない。

さすがに、今回は自分が悪いという自覚がある。琉生は謝る機会を探したが、そのたびにうまく避けられ、丸一週間が過ぎてしまった。

こうなったら、反省と悔悟の念は態度で示すしかない。

「イッシー、あのさ……ボイトレ、行きたいとこあんだけど」

急に殊勝なことを言い出した琉生に石黒は驚いたが、戸倉から渡されたメモを見るとすぐに手配してくれた。

そこは都内にある個人宅内のスタジオで、マンツーマンの指導を受ける形式のスクールらしい。教える講師は業界では知るひとぞ知る人物らしく、今回も戸倉の紹介ということで特別にレッスン枠を空けてくれたのだと言う。

「初めまして、あなたが真宮琉生ちゃんね！　毎日テレビで見てるわよ」

レッスン初日、中央にピアノが置かれたレッスンルームに現れたのは、鍛えられた肉体にタイトな服を纏った年齢不詳の男性だった。顔はばっちりメイクを施し、後ろを刈り上げたショートボブにピンク色のメッシュの入った、なかなかの個性の持ち主だ。

だがそんなことはおくびにも出さず、琉生は甘く爽やかに微笑んだ。

「どうも。お世話になります」

「私のことはアンジュって呼んでくれない？　私もあなたのことマーヤって呼ぶわ」

アンジュは本名を安寿と言うらしい。喋り方こそ独特だが、さすがはボイストレーナーと言うべきか、朗々とよく通る声をしている。

「アンジュは構いませんけど、俺のことは苗字か、下の名前で呼んでください」

「あぁん、いけず。でもそんなところも素敵。王子様っぷりが板についてる感じもいいわ。戸倉ちゃんが言った通り、とっても鍛え甲斐がありそう」

あんなことがあった後で、戸倉が琉生のことをどんなふうに伝えたのか気になったが聞くのはやめておいた。どうせろくなことは言われていないだろうと思ったからだ。

「早速だけど、口周りの筋肉をほぐしましょう。あなた発声がなってないから基本中の基本からやるわよ。過去に受けた他の先生のレッスンは一旦忘れてピアノの横に立ちなさい」

アンジュはピアノの前に座り、鍵盤に指を載せた。扇のようなまつげに囲まれた双眸が、鋭く琉生を見据えている。

ピアノの音に促され、琉生は息を吸って大きく口を開けた。

「あぁあああぁあーっ」

「もっと背筋を伸ばして。猫背じゃ声が前に飛ばないわ、もう一度」

「あぁあああぁあーっ」

「腹筋と輪状甲状筋を意識して、もう一度」

レッスンルームに生徒が座る椅子はない。胸を張って立ったまま、アンジュのピアノに合わせて徐々に音階を上げていくが、五十音の先が果てしなく遠い。

一時間もしないうちに、琉生は酸欠を起こしてしゃがみこんだ。

「水……少し休憩させてください」

レッスンはひと枠二時間。久々に真面目に取り組んだせいもあるが、ずっと立ちっぱなしでひたすら声を張り続ければごっそり体力を削られる。

「大丈夫よ、あなたならできる。今日から私が作ったメニューでトレーニングして、身体を整えなさい。本業はアイドルなんでしょ？　ステージでへばってられないわよ」

「…………」

言い返す元気も声も残っていない。常温の水で喉を潤しながら、心の中で溜息をつく。

（んなことわかってるし）

アンジュが指摘した通り、声量が落ちているのは気のせいではない。若さに驕り、基礎トレをサボりがちだったツケをこんな形で実感して、ようやく焦りを覚えた。

デビューからの夢だった、ライブコンサート。P-LieZとしてはツアーもまだ経験していない。だが、ライブコンサートともなればリハに本番、歌って踊って合間合間に衣装を着替え、ＭＣも入れれば何時間もほぼ休みなしだ。

「容姿なんてものは年齢とともに衰えるのよ。でも芸は身を助ける。頑張りなさい」

アンジュのダメ出しが身に染みる。

自宅でできるトレーニングなどの課題を山ほど出され、初回のレッスンは終了した。

文字通り、へとへとになった琉生は石黒が運転する送迎車に乗り込むなり爆睡し、自宅前についてもなかなか起きなかったくらいだ。

「イッシー、ジム行きたいからスケジュール調整してよ」

車から降りる直前、琉生が伸びをしながら言うと石黒は目を瞠った。

「いいけど、急にどうしたの？」

「身体作る。あと、振りも覚えなきゃだし、ダンスとか……とにかくいろいろ、初めからやり直そうと思って」

石黒はぽかんとしていたが、すぐに笑顔で快諾した。


翌週もその次もアンジュのスパルタレッスンは続いた。

「東京都特許許きゃ……っ局、農商務省特……っ許、きょく通商産ぎゃ、……っ」

「東京都特許許可局、農商務省特許局通商産業局」

アンジュの冷ややかな視線に冷や汗が浮かぶ。

　戸倉が推薦しただけあって、アンジュのアドバイスはシンプルでわかりやすい。そして常にテンションが高く、褒め上手だ。だが、発声練習などの課題をさぼるとなぜかすぐに勘づき、ドスの利いた声で怒られる。

「タンギングのトレーニング、本当にやってる？」

「やってるし、やりました！」

「では、もう一度」

「東京都特許許可局、農商務省特許局通商産業局、日米協力局、日本銀行特別特許国庫局」

「やればできるじゃない」

　喋るといえば『外郎売（ういろううり）』かと思いきや、アンジュは喉の柔軟と滑舌練習を重点的に琉生にやらせた。カ行やラ行が弱いなどという欠点は、ここに来なければ自分でも気づかないままだっただろう。声を潰さないようにと、レッスン終わりには喉のケアもきちんとしてくれる。

　それだけではない。

　キャスターとして必要な間の取り方、言葉の選び方なども合わせて、アンジュは丁寧にレクチャーした。

　タレントに求められる良識やマスコミを前にしたときの対応などは、琉生もデビュー前に研修を受けている。だが、インタビュアーとして必要な語彙力や表現技術なんてものは身についていない。ことにカメラ前で臨場感を出したり、相手から言葉を引き出すテクニックなどは実践的で、すぐにでもフィールドワークに活かせそうだった。

「ドラマを演出するの。原稿を読むときは聞き取りやすいトーンで時間内に収めるの。そしてなにより重要なのは、どんな文句が出て来ても噛まないことよ」

「頑張ります」

ペンでメモを取る琉生にアンジュは目を細め、ウフッと笑った。

「いい傾向ね」

「え？」

「なんでもないわ」

レッスンに通い出してから約二ヶ月、まだ続いていることが自分でも意外だった。

アンジュの指導の厳しさに、もう辞めようと思ったことは何度かある。だが、そのたびに踏み留まれたのは、戸倉から浴びせられた冷たい視線を思い出したせいだ。

あの失望と諦めの混ざったような、軽蔑の視線。アンジュが言う通り、見た目の美しさは永遠ではない。いまのままなら自分の先は見えている。

「真宮くん、お疲れ！」

夕方、ロケ車で局に戻った琉生は、ロビーで真崎とばったり顔を合わせた。

「真崎さん、お疲れ様です」

小走りに寄って来た真崎が、琉生の荷物の多さに気づいて首を傾げる。

「あれ、またどっか行くの？」

「一時間だけ、事務所のダンススタジオに」

いま石黒が地下駐車場に車を回してくれている。スタジオに着いたらすぐにダンスの個人レッスンだ。スーツから練習着に着替えて、再び局に戻ればメイクからやり直しだ。

「あー……そういえばもうすぐ新曲リリースだっけ。忙しいよね」

「俺だけまだ振付覚えてなくて……あ、でもナイトテンも手を抜いてないので」

「知ってる知ってる、こう言ったらなんだけど、キャスターらしさが出て来たよ」

「いやまぁ、前がひどすぎたっていうか……」

ふと視界の隅に戸倉の姿が映り、琉生は慌てて口を噤んだ。戸倉は本番中と寸分違わぬビシリとしたスーツ姿で、エレベーターホールから受付のほうへ向かって堂々と歩いて来る。

（あ）

戸倉が顔を上げてこちらを見た。

タイミング悪く、真崎の肩越しに視線がかち合う。だが瞬間的に、琉生は目を逸らしてしまった。気まずい状態が続いているとはいえ、せめて社会人として会釈くらいするべきだったとすぐに後悔したが、ときすでに遅しだ。

戸倉はそのまま受付に向かい、受付嬢に何事か伝えると、こちらを気にする素振りもなしに立ち去った。琉生の存在に気づいてわざと無視したのか、それとも、こちらの話の腰を折らないよう真崎に気を遣ったのか、考えれば考えるほどモヤモヤする。

上の空で相槌を打つうちに、琉生のスマホが鳴った。石黒からだ。

「すみません。また後で」

「あ、うん、頑張ってね」

近頃はオフを削って事務所のジムに通うようになり、他のタレントやメンバーと顔を合わせる機会が少しだけ増えていた。触発されたのもそうだが、歌やダンスがまた楽しいと思えるようになったのはいい変化だと自分でも感じている。

「パドブレ、そう左右にクロスして、……三、二、一、ターンで下がって……」

壁一面に張られた鏡の中に、ビートを刻みながら軽やかに足を蹴り上げる自分がいる。

半端な時間に呼びつけられたにも拘わらず、担当の振付師は嫌な顔ひとつせずに来てくれた。他のメンバーはもうとっくに振りを覚えている。追いつこうと必死な琉生に、自然と指導する側の声にも熱が入った。

「前向いて、空中でターン、キック、そのまま進んで、前列と入れ替わる……」

以前のような、小手先で誤魔化すようなパフォーマンスではない。アナウンスに心が必要なように歌にもダンスにも魂が必要だ。一旦止めては、真剣な眼差しでスマホに録画した映像をチェックする。

メンバーと振り合わせをするためにオフを削り、体力的にはきつい。だが、不思議と気持ちは充実していた。希望的観測かもしれないが、顔を合わせる機会が増えたぶん喧嘩も増えるが、以前より少しだけ雰囲気が柔らかくなって来た気もする。なにより、自分の中でまた歌やダンスが楽しいと思えるようになって来たのが嬉しかった。

「もう一度、最初から行こうか」

タオルで汗を拭きながら琉生は頷き、水を一口飲んで鏡の前に戻った。耳で音を捕え、振付師の手拍子と指示に身体の動きを合わせていく。

——楽しい。

それは、いつのまにか忘れてしまっていた、シンプルな喜びだった。

真崎は「キャスターらしくなって来た」と褒めてくれたが、ナイトテンでの琉生の立ち位置に変化はない。依然として、番組冒頭の時事ネタに相槌を打つだけのサブキャスターのまま、苛立ちと焦りばかりが募る。

アンジュのレッスンの成果を早く戸倉に認めさせて、現状をどうにかしたい。

挽回のチャンスは意外に早くやって来た。纏め撮りの日に思わぬ事態が起きたのだ。

「すみません真宮さん、石黒さん、ご相談なんですが」

当日、待機中のロケバスに番組スタッフが青い顔をしてやって来た。別番組で離島に飛んでいた結城がトラブルに見舞われて今朝になっても帰京できず、撮影に間に合いそうにないと言う。ロケにはいつもの特集班の撮影スタッフも同行しており、寝耳に水の石黒は頭を抱えた。

「今週は琉生のスケジュール的に今日しか撮れないんですよ、困ったな」

「なんとかギリ間に合うって聞いてたんで、本当に申し訳ありません」

「悪天候による欠航なら仕方ないですが……真崎さんはなんて？」

「編集時間を考えると別日ってわけにもいかないので、今回だけ代役というのが現実的かと。いまから身体が空いてるアナウンサーを探すので、しばらく待っててもらえませんか」

――これは、降ってわいたチャンスかもしれない。

「それなら、今回は俺ひとりでやらせてもらってもいいですか」

「！　それは、でも」

琉生の提案に、スタッフと石黒が顔を見合わせる。

「取材先を待たせることになるでしょう」

最悪、撮影班は局内にいる人間だけでも編成することはできるだろう。だが、いつものメンバーではないため、現場ではスムーズにいかないことも出て来るかもしれない。それでなくとも纏め撮りの日は早朝から移動し、オンエアぎりぎりに局に戻るようなハードスケジュールになる。

「そうですね……真崎さんに相談してきます」

「よろしくお願いします」

もう、あのひどい食リポのときの自分とは違う。うまくやり遂げれば、戸倉も自分を認めざるを得ないだろう。

逸る心を抑え、琉生は小さくガッツポーズする。

真崎のOKが出てすぐに人員をかき集め、一行は一時間遅れで出発した。

「真宮くん、よろしくねェ」

「おはようございます！　よろしくお願いします！」

にわか編成のロケを仕切ることになったディレクターとカメラマンはバラエティを多く担当して来たベテランだった。

「おー元気だね！　ま、現場の空気って大事だからさ。まずは好きにやってみてよ」

「ほんとですか？　頑張ります」

いつものクルーは台本通りやらなければすぐにリテイクになるほど頭が固い。その点、今日のクルーはタレント慣れしていて、自由にやらせてもらえそうだ。

　今日の取材先は、赤ちゃんポストの独自名称「不如帰（ほととぎす）のゆりかご」を併設する乳児院だった。

　不如帰のゆりかごに預けられた子供たちは、そのまま職員たちによって育てられる。里親に繋がらなければ、同系列の法人が経営する児童養護施設に入所し、学校や保育園に通うことになるらしい。施設職員を交え、ロケ現場のディレクターとも軽く打ち合わせをすませると、いよいよ取材が始まった。

　年の離れた妹がいることもあり、子供の相手は得意なほうだ。カメラとともに施設の中を見学しながら、子供たちが遊ぶ部屋に向かう。

「こちらの施設では、ゼロ歳から三歳までの子供たち二十人ほどが共同生活をしています。いま乳幼児はミルクとお昼寝タイムということで、少し大きいプレイルームを覗いてみたいと思います。あ、中からさっそく子供たちの元気な声が聞こえてきますねぇ」

　引き戸を開けると、中では十人前後の子供たちが走り回って遊んでいた。琉生は少し大袈裟なくらいの身振りでカメラを振り返る。

「見てください、絵が飾ってありますね。玩具は、すべて寄付されたものということですが、賑やかで明るい様子が見てとれます。……こんにちは！」

「……こんにちは」

部屋の隅に固まっていた女児グループが、はにかんだ様子で口々に挨拶した。

名前を聞くと、三歳のミキとルカ、身体の小さいエミリはまだ二歳になったばかりらしい。彼女たちの周りにはプラスチックの食器や玩具の食べ物、犬のぬいぐるみなどが散乱している。

幼いころ、琉生もよくこうして姉妹のままごと遊びに無理やり引き入れられた。いつもお父さん役ばかりやらされていたことが懐かしさとともに思い出される。

琉生は子供たちの前で膝をつくと、目線を合わせた。

「おままごと中かな？」

「そう。ここが私たちのおうちなの」

三歳でも、口の利き方はもう立派な女子だ。

同じ年頃の男の子たちがふざけて走り回ったり、ブロックで武器を作って遊んでいるのに比べると、ずいぶん大人びて感じる。

「ルカちゃん、お兄さんも混ぜてもらってもいいかな？」

「いいよ！　じゃあー、お兄さんはお兄ちゃん役ね」

「お兄ちゃん？」

琉生は膝をついたまま、ルカを見つめる。

「エミリちゃんが赤ちゃん役で、ミキちゃんは妹、ルカは寮母さん！」

お母さんではなく、〝寮母さん〟。

（あー、そっか）

ままごとは子供の見ている世界の縮図だと聞いたことがある。この乳児院にいるのは、ほとんどが新生児のうちに不如帰のゆりかごに預けられた子供たちだ。

当然、父親や母親と暮らした記憶はない。物心ついたときには施設にいて、寮母が身の回りの世話をしてくれていたのだから、ままごとの家族設定がそれに倣っていたとしても不思議はない。

「……この三人が家族なんだね」

「お兄さん入れて四人だよ！」

ルカが四本指を立てて、屈託ない笑みを見せた。人見知りしているミキたちと違い、ルカはおしゃまで物おじしない。

通常の乳児院と違い、ここの施設の子供たちが親元へ戻れる率はゼロに等しいと職員から事前に説明を受けている。この施設に併設された不如帰のゆりかごに、赤子を入れた親が名乗り出ることがほぼないからだ。様々な事情を持つ親が、子供を預けに来やすいように、匿名性を尊重するからこその数字らしい。

「そっか、四人家族だね」

空想遊びの世界にさえ、父親や母親といった役柄が入って来ない子供たち。それを日の当たりにして視聴者は最初になにを感じるか。

「ルカちゃん、このおうちのパパとママはどこにいるのかな?」

琉生の問い掛けに、ルカは一瞬だけ表情を固くする。

今回のテーマは『置き去りの子供たち』――親だけでなく、社会や福祉の網から零れ落ちた子供たちも含めて、番組ではそう読んでいる。

視聴者は報道にも、物語と同じカタルシスを求めている。自分の仕事は、親と暮らせない寂しさを押し隠し、子供たちが健気に前向きに生きている姿を伝えること。だから目の前にいるのは、乳児院に置き去りにされた「可哀そうな子供たち」でなければならない。

「……わかんない」

「わかんないか。ママがいないってどう思う?」

ルカは困ったように視線を泳がせ、スカートの裾をきゅっと掴んだ。

寂しくないはずはない。親がいなくて、寂しいと言えばいい。

「……寂しくないよ。ごはんもみんなと一緒だし、寝るときも怖くないもん。……たまに、泣いちゃう子もいるけど……」

タイムリーなことに、エミリが「ふぇっ」と急にべそをかきはじめた。傍にいたミキがすかさず抱き寄せ、「赤ちゃんだから泣いちゃうよねー」と大人びた台詞を呟いてあやし始める。おままごとの延長なのか、それともいつもの光景なのか。手を伸ばし、なかなか泣き止まないエミリの頭を撫でながら、ルカは自分に言い聞かせるように呟いた。

「ルカは泣かないよ。泣いてる子がいたら、ミキちゃんとか、ルカや他の子たちでいっしょうけんめい励ますんだよ。寮母さんたちは忙しいから……」

子供たちは大人をよく見ている。大人たちの手を煩わせることがないように、いつもこうして助け合って生活を送っているのだろう。

「ルカちゃんは強い子だね」

「ウン。寮母さんもそう言うよ。養護施設でもボスになれるよって」

まだ甘えたい盛りの幼い子たちが、もっと小さい下の子供たちの面倒を見ている様子は健気で視聴者の涙を誘うだろう。施設暮らしの子供たちの絆は映像として悪くない。だが、ほしい言葉がルカの口からなかなか出て来ない。

「ルカちゃんは、大人になったらなにになりたい？」

アプローチを変えると、ルカがパッと目を輝かせた。

「ルカ、大きくなったら結婚してママになる。ここにいるみんなのママになって、赤ちゃんとずっと一緒にいるんだ！」

琉生は手を伸ばし、ルカの小さな頭を撫でた。結果を出そうと焦る心を抑えながら、とびきり優しい声で言う。

「まだ小さいのに、大変な思いをして生きて来たんだね」

「……え？」

ルカがきょとんと琉生を見上げる。

「つらかったね。寂しかったよね。たくさん我慢して、えらかったね」

琉生を見上げていたルカの目がみるみる潤み始め、鼻先がじわっと赤くなった。

大きな瞳を伏せ、泣くまいと懸命に涙をこらえながらぽつりぽつりと言う。

「えらくないよ……。いいこにしてれば、ママ迎えに来るんでしょ……？　ルカ、きっといい子じゃないから」

琉生の脳裏に、ふと幼稚園児だったころの出来事が思い浮かんだ。

親の迎えが遅くなった雪の日に、保育士はいまと同じ言葉で琉生を慰めた。人手が足りない保育の現場で、できるだけ子供を泣かさないための大人の方便。実際、自分はその後すぐに母親が迎えに来て安堵したが、身寄りのない子供たちはここにいるしかない。

「ルカちゃんはいい子だよ。きっと優しいママになるね」

カメラマンの後ろで、若い女性ＡＤが目許を赤くして俯くのが見えた。

――じゃあ、どうしてママは自分を置いていなくなったの？

――愛していないの？　自分はいらない子供だったの？

養護施設の未来のボスが、カメラの前で〝可哀そうな子供〟へと変わる。

これが欲しかったんだろう。今日の取材は成功だ。

とびきり健気で可哀そうな子供たちにスポットライトを当て、視聴者の共感と涙を誘う。根底にある問題について、スタジオで専門家を交えて議論するシーンが目に浮かぶようだ。

「可哀そうに、いい子にしてれば迎えに来てくれるって信じてるんですね」

取材の場を移し、寮母や施設スタッフを前に、琉生は目許を拭ってみせる。テレビ的に、ほしい台詞はすべて言わせた。あとは編集でどうとでもなる。

「真宮さん、この子たちは不幸ではないんです。たしかに私たちは母親にはなれませんが」

「そこですよね。本音はママに会いたくても、会いたいと言わなかった。子供が忖度するなんて、たまらないですよ」

「忖度というか、子供は子供なりに」

「ええ、僕も割と大人の顔色をうかがう子供だったから、わかります」

「え？　あの、この園の子供たちは」

アンジュにも言われた。キャスターは、取材慣れしていない素人に対しても、うまくフォローに回らないといけない、と。だから、なかなか言葉を見つけられない彼女たちの代わりに、琉生は神妙な顔で纏めに入った。

「大変な境遇で育ってる子たちだけど、みんな元気に明るく生きてて、健気だなって思いました。つらいことにも負けないで強く生きて行ってほしいですね」

なにか言おうとした寮母のひとりが空気を読んで口を噤む。代わりに、同席していた施設長が、小さな声で「今日はありがとうございました」と礼を言った……。

「お疲れ様でした！」

半日以上もかけ、その日のロケ録は終了した。局に戻るのはオンエアぎりぎりになってしまったが、満足いくだけの撮れ高はあったはずだ。

いつもの特集班とは違い、急遽かき集めたスタッフが多かったが、むしろ自由にやらせてもらえた分、いい仕事ができた気がする。

データはその後、編集室に持ち込まれ、編集マンが繋ぎ合わせたものをオンエアするから、戸倉の目に触れるのはまだ少し先だろう。口うるさい彼も、見ればきっと琉生の頑張りの成果に気づくはずだ。

達成感に満たされ、琉生は上機嫌でその日の放送を終えた。

過去の自分とはもう違う。あのロケ録を見ればきっと、みんな自分を見直すに違いない。

そのときが来るのが楽しみだ。

それが思わぬ展開を見せたのは、その翌週のことだった。

いつもより早めにメイクルームに入り、スタイリストに髪を軽くカットしてもらっていると、戸倉がいきなり訪ねて来たのだ。

「ちょっといいか」

「なに？」

久々に会話らしい会話を交わしたと思ったら、どうも様子がおかしい。琉生を廊下に連れ出した戸倉の顔は蒼白だった。

「不如帰のゆりかごのＶ、あれはだれの指示だ」

編集中であるはずの特集のロケ録を見たようだ。メインキャスターなら放送前に必ず映像チェックするのは当然だが、戸倉は早くから編集室に顔を出している。

「カメラクルーからは別に何も言われてない、ほぼぜんぶ俺のアドリブだけど」

「台本は？　資料はちゃんと読んだのか」

「まぁ……一応は？」

パラパラとめくった気がする。そもそも件のディレクターは「タレントさんの好きにやっちゃって」というタイプで、気分よく撮影できたことしか覚えていない。いつもの特集班のスタッフだったら、そうはいかなかっただろう。

「なぜ、感動ポルノをでっちあげようとした」

「……は？」

自分では満足いくものが出せたと思っていたのに、戸倉は怒りに声を震わせていた。

いったい、なにが気に入らなかったというのだろう。急ごしらえの撮影班だったが、視聴者が望んでいるものを撮れているはずだ。ショコラフロアのときはカメラクルーにまで舌打ちされたが、今回はだれにも文句をつけられていない。

「なに…ネットに毒されたようなこと言っちゃってんの。必要な台詞は言わせたし、ちゃんといい絵が撮れてただろ？」

「ふざけるな。リポートもろくにできないなら、せめて台本通りにやれ」

「偉そうに、なんだよ。視聴者はそういうのが見たいんだろ。親元にいられなくて、可哀そうな子供を見て、健気な姿に感動したくてテレビ見てんだろ……！」

たとえニュース番組でも、やらせギリギリの演出はいくらでもある。戸倉もテレビマンの端くれならそれくらいわかっているはずだ。

「おまえは番組の趣旨をまるでわかっていない。上辺だけなぞって仕事した気になるな。あれを見た関係者がどう感じるか想像したのか」

「関係者つっても子供を捨てるような親だろ。少しくらい非難されて当然……っ」

戸倉が手を振り上げたのを見て、咄嗟に目を瞑った。

殴られると思いきや、戸倉は琉生の強く口を塞いだだけだった。驚いて目を開けると、戸倉は深い溜息とともに手を離した。

「――もう、いい」

黙らせたかっただけのようだ。

呆気にとられる琉生を残し、戸倉は深い溜息とともに踵(きびす)を返した。背中で拒絶され、呼び止めることもできない。琉生は奥歯を噛み、その場に立ち尽くした。

丸一日かかった仕事を、きれいさっぱりなかったことにされるのは、テレビ業界において特に珍しいことではない。

結局、別の編集マンが映像を巧みに繋ぎ、琉生はその場にいなかったことにして翌週の特集は流された。没も二度目ともなるとさすがにきつい。

その日の放送を終え、琉生は苦い気持ちのまま局を出た。金曜ということもあり、おとなしく帰宅する気になれず、事務所の車を降りた後にタクシーで西麻布へと向かう。

（なんなんだよ……）

口を塞いだときの戸倉のなんとも言えない表情を思い出すたび、焦燥とも苛立ちともつかない感情が込み上げて来る。

たしかにあの日は、わかりやすい結果を求めるあまりに焦っていたかもしれない。だが、視聴率を維持することを考えたらそこまで間違ったことをした覚えはない。

酔えないまま、ラウンジで三杯目のマティーニをオーダーしたときだった。ポケットの中でスマホが震え、ディスプレイを確認する。

『……もしもし、真宮くん？　いま大丈夫？』

相手は結城だった。心配そうな様子が声から伝わって来る。先週すれ違ってから局でも顔を合わせていない。

「平気です。……今日の特集V、任せてもらったのにすいません」

『ううん、こっちこそ、戻れなくて悪かった。それより聞いたよ、顛末。戸倉さん謝罪に行ってくれたんだって？』

「謝罪？」

『……もしかして、聞いていない？』

琉生を問い詰めた日、戸倉は特集の取材を担当していた記者に謝罪に出向いたらしい。翌日には取材先にも足を運び、戸倉自身が頭を下げることで大きな問題にならずに済んだのだと結城は言った。

『当日のスタッフに理解が足りなかった部分もあるけど……。基本的に、記者さんが上げて来た内容は、キャスターが勝手に捻じ曲げたら駄目なんだ。自分の意見を持つのも悪くないけど、キャスターは台本通り事実を伝えなくちゃ』

「ちょっ、待ってくださいよ。俺はただ、そのほうがいい絵が撮れると思って」

たしかに、幼児相手に少し突っ込みすぎたかもしれない。だが編集でどうとでもなる。

Ｖを差し替えさせただけでなく、関係先に謝罪行脚するほどのミスをしたとは思わない。

『記事、読んでるよね。今日の特集で番組が視聴者に伝えたかったことって、どんな内容だと思った？』

「………………」

原稿と同じで、渡される記事や資料もサラッと目を通すだけだった。結城がいつも、台本に沿って自然なリポートをしていたから、深く考えたことすらなかった。

『戸倉さんは特集の中で、真実をありのままに伝えることを大切にしてる。それがナイトテンという番組の真髄だから、真崎さんも彼に全幅の信頼を寄せて任せてるわけ。特集はＰＲじゃないんだ。恣意的に視聴者の同情を煽ったりしたら番組の方向性が違って来る』

事の重大さにようやく気づき、琉生は動揺した。

「そんなつもりじゃ……」

決してヤラセではない。ただ可哀そうな子供たちが強く生きる健気な姿をカメラの前で引き出しただけだ。そのほうが泣ける映像になると思ったから。

――でも、彼らは本当に「可哀そうな子供」だったのか？

もしかしたら自分は、勘違いをしていたのかもしれない。うまく回っているように見えた現場の雰囲気をいいように解釈して、適当な仕事をしてしまったのかもしれない。

『……。真宮くんは僕らサラリーマンとは違うから、他に仕事も入るだろうし、キャスターと同じようにしろっていうのは難しいと思う。ただ最初のころだけでも、もう少し早く局入りしていれば、戸倉さんとコミュニケーションが取れてたと思うんだけど』

ナイトテン出演が決まったとき、放送三時間前には局内にいてほしいとスタッフには言われた。だが、そんな早くに局入りできたことはいまだかつてない。フィールドに出ているいまは尚のこと、会議に出るどころか、局に戻るのさえオンエアぎりぎりのときもある。

「俺だって、フィールドない日はいつもオンエア三十分前には局にいますけど」

『……それ、本当？』

本当だと答えると、なぜか結城は絶句した。

『うーん……ニュース原稿が上がり始めるのが、放送三時間前からだから……それだったら、とてもじゃないけど、怖くて本番で読ませられない、かな……』

今度は琉生が絶句する番だった。

ニュース番組は放送の何時間も前から始まっている、と結城は言う。

情報は時間とともにどんどん更新されていく。夜番組のアナウンサーも昼には出勤し、幾度となく放送内容を更新する会議に立ち会う。

ナイトテンのスタッフ陣は月曜日から金曜日まで五班体勢で運営されている。各曜日のスタッフ二十人として、少なくとも延べ百人は関わっていることになるだろう。立ち合いにも参加せず、ギリギリに局入りすることも珍しくなかった琉生を、スタッフがどんな目で見ていたか、想像に難くない。実際、琉生のやる気やモチベーションも最初はそれほど高くなかったし、さぞや舐め切った態度に見られていただろう。

結城が説明してくれなかったら、なにも知らないまま過ごしていたに違いない。

（だったら、悪いのはぜんぶ俺じゃないか……）

アイドルだから、報道人じゃないから、知らされていなかったから。

――そんなの、言い訳だ。

「戸倉さんはまだ局に残ってるんですか」

『今日はさすがにもう帰られたって。普段から、いつ寝てるんだろうってくらい仕事してるんだけど』

ナイトテンが終わると、戸倉はすぐにいなくなると思っていたが、実際は報道フロアで反省会をしていたらしい。終わればその日の放送の録画を見直し、自分のデスクで仕事をする。局を移った直後に、ＪＢＣの夜の顔を任された戸倉がどれだけ多忙だったかは推して知るべしだ。

一度でもアナウンサー室を覗いていれば、資料を作ったり、調べ物をしたりする戸倉の姿を見ることもできただろう。会議や立ち合いにもろくに参加せず、テレビに映ることばかり重視する琉生を、戸倉は知らない間にフォローしてくれていた。おくびにも出さずに。

（……謝らないと）

いてもたってもいられなくなり、琉生は通話を切り上げた。タクシーに飛び乗り、できる限り急いでほしいと行先を告げる。

あの日も、スタジオで顔を合わせたとき戸倉はいつも通りだった。琉生の尻ぬぐいのために奔走したことなど一言も言わずに、淡々と自分の仕事をこなしていた。

結城が電話をくれなければ、自分はなにも知らないままだっただろう。

（まだ寝てないよな……）

腕時計を確認したとき、ポケットの中でスマホが震えた。慌てて取り出した瞬間、自分が抱えているもうひとつの問題を突きつけられる。

『いまどこ　なにしてる』

根木から、メッセージが届いていた。

こんなときに、と思ったが、既読無視すれば機嫌を損ねる。かといって正直に言えば面倒なことになるだろう。

「仕事中ですナイトテンの」

自分の現実を思い知らされた心地がした。適当に誤魔化して返信すると、すぐにまたスマホが震えた。

『ふーん　イッシーに聞いたケド最近、あのメインキャスターにご執心みたいだネ』

こういうときばかりやたらと勘が鋭い。

「まさか、そんなことないっすよ」

『戸倉くんイケメンだし、心変わり心配(涙)じぇらじぇら(怒)』

　絵文字を多用した絡み文面に、今夜ばかりはうんざりした。

　そもそも根木は妻子持ちだ。プロデュースしたメンズアイドルに性的欲求を向けるだけでも神経を疑うのに、恋人気取りの振る舞いを求めるなどどうかしている。本人は好意と言い張っているけれど、実際にしていることはただのセクハラだ。

　しかし、それを面と向かって指摘したり、拒んだりすればP-LieZはどうなる？

「根木さんがくれた仕事だから、真面目にがんばろうと思ってるだけです」

　そう答えるしかない。

『そっか　ならいいけど～　俺のほかに男作るとか許さないからね。琉生はみんなの王子様だけど、俺にだけは本当の琉生でいて』

　根木はころりと機嫌を直し、ハートマークと「おやすみ」のスタンプを送りつけて来た。

　勘違いも甚だしい。

　琉生は返信しないまま、スマホをポケットにねじ込んだ。現実から目を逸らすように窓の外に視線を向ける。

(王子様、か)

　王子様なんて柄じゃない。そう感じながらも自分に割り当てられたキャラを演じて来た。

アイドルファンと言われる人たちが、アイドルになにを求め、どういうところに惹かれているのかは理解している。

偶像（アイドル）という意味の示す通り、ファンが愛し、憧れるのは、真宮琉生という作られたイメージだ。でもそれは演じられた虚構であって、本当の自分じゃない。

（……〝本当の琉生でいて〟、なんて……どの面下げて言ってんだか）

深い溜息で、一瞬だけ窓ガラスが曇る。

少しくらい、頑張って心を入れ替えたつもりになったからって、なんだ。

所詮は根木に服従するしかない、お気に入りタレントのうちのひとりでしかないくせに。

事務所の重鎮である根木は、芸能界でも多大な影響力を持っている。自分が根木の機嫌を取らなければ、P-LieZも自分もいまほど仕事をもらえていなかったはずだ。

でも、本当にこのやり方しかなかったのかと問われれば答えられない。

売れたかった。

姉妹の知名度関係なく、同じ事務所で出会ったメンバーたちで夢を実現したかった。

琉生が通っていた高校は芸能コースだったから、周りは全員ライバルみたいな環境だった。友達らしい友達もいないまま大人になった琉生にとって、P-LieZは、初めてできた「同じ夢を見られる仲間」だったのだ。

だから、手放したくなかった。どんなことをしてでもしがみつきたかった。

ナイトテンも、B&Gアイドルフェスティバルも、ぜんぶ根木がくれた仕事だ。根木が気に入る琉生王子でいれば仕事は入る。結果的にP-LieZが売れてくればいいと思っていた。

けれど現実はそうはいかない。メンバーはふたり減り、残ったメンバーの仲もいいとは言い難い。いつ解散してもおかしくないグループを維持するために根木に阿り、悪循環にはまっている。最初にボタンを掛け違えた自分のせいだ。

どうしたらいいか、もう、わからない。

親も姉妹も成功の道を歩んでいるのに、自分だけが燻っている。

そのくせプライドだけは高いから、相談できる相手もいない。自分の周りに集まって来る人間は、欲望のままに真宮琉生を消費しようとする。

本当の自分と本気で向き合ってくれる他人などいない——いや、いる。少なくとも、いまから逢いに行く相手だけは。

アイドルというフィルター越しに琉生を見ていない。

そんな人間だから信用できると思った。嫌われていると知って無様なほど絡んだのも、心のどこかで期待してたからかもしれない。

戸倉だけは、他の人間と違う目で自分を見てくれるのではないか——と。

メインエントランスにある玄関機からインターホンを鳴らすと、ほどなくして不審そうな声が応答した。

「なにしに来た」

戸倉はまだ起きていたらしい。

いつ通話を切られるかもわからないから、単刀直入に謝罪の言葉を口にする。

「その、悪かったと思って、謝りに来たんだ……今日の特集のこと。あと、前にも騙し討ちみたいなことしたのも……ごめんなさい。本当に、悪かった」

怒られて当然だとわかっている。謝りたいからと、こんなふうに押し掛けるのも自分のエゴだとわかっている。もしかしたら、心底嫌われたかもしれない。

ただ、どうしても明日以降に先延ばしすることはできなかった。たとえ許してもらえなくても、仕方がない。

「そんなことか」

鼻で笑われて、愕然とする。

戸倉は怒ってさえいなかった。

歯牙にも掛けられていないのだ。自業自得と思いながらも情けなさに唇を噛み締める。

「俺はただ……反省して……謝りたくて……」

背後にあるガラスの自動ドアに近づく人影が映り込んだ。

ハッと顔を隠すように俯いて、様子をうかがう。

レジデンスの住人だろうか。週刊誌の記者か、あるいは琉生の追っかけファンの可能性も捨て切れない。

これ以上、戸倉に迷惑を掛けるわけにはいかなかった。出直すしかない、そう思ってまた改めると口を開きかけたときだった。

「上がれ」

いまの状況を他人に見られるほうが面倒だと、戸倉は判断したらしい。

溜息交じりにオートロックを開錠し、中に招き入れてくれた。さらに四重ものセキュリティを突破して、ようやく戸倉の居住階へと辿り着く。

「遅くに、ごめん」

夜景が豪華なレジデンスの高層階に、戸倉はひとりで住んでいた。シンプルで広い1LDKは掃除が行き届き、男のひとり暮らしとは思えないほど整然としている。

余計なものはなにひとつない、まるで彼自身のような部屋だ。上質な家具に囲まれたリビングに入るなり、琉生は床に膝をついた。だがすぐに腕を取られ、引き上げられる。

「土下座なんかしたら追い出すぞ」

戸倉は琉生の腕を掴み、強引にソファに座らせた。そしてキッチンに姿を消すと、湯気の立つマグカップを手に戻って来る。ひとつは手に、もうひとつをガラスのローテーブルに置く。

「ノンカフェインのコーヒーにしておいた」

「あ、ありがと……あの……」

おもてなしを受けに来たのではない。謝りに来たのだ。

だが、言わなければいけないことが多すぎて、なにから話せばいいのかわからなくなる。しどろもどろになる琉生に、戸倉は呆れを通り越した真顔で言った。

「飲んで、落ち着いてから話せ」

「あ……うん……」

この時間だから気を遣ってくれたのだろう。

マグカップに口をつけ、喉がカラカラだったことに気づかされる。カフェインレスとは言うものの、香りも味も通常のコーヒーと大差ない。

「あ……おいし……」

温かいコーヒーで人心地つき、ふと向かいの壁際に置かれた飾り戸棚に視線が行った。ガラス張りの戸棚の中には、アワードやゴルフコンペなどで得たらしいトロフィーや記念品などが無造作に飾られている。だが琉生の目を引いたのは、それらに交じって置かれている、履き古された小さな運動靴だった。

子供、いや、幼児用と言っていいサイズだろう。もしかして、という予感に狼狽える。戸倉の私生活についてわざわざ訊ねたことはない。だが戸倉の年齢なら、既婚者で子供がいたとしてもなにも不自然ではない。

洗練されたインテリアの中で異彩を放つそれから目が離せなくなる。

「どうした」

斜め向かいに座った戸倉が、琉生の視線に気づいたらしい。

「や、子供……とか、いるの、かなって」

喉を潤したばかりだというのに声が掠れた。

こんな時間に押し掛けて聞くことではない。なにに気を取られているのかと自分でも呆れてしまう。それでも訊ねずにはいられない。

「あれは俺のだ。俺の、ルーツといった方が正しいか」

琉生の視線の先を追った戸倉がこともなげに答える。

戸倉が子供のころに使っていた靴らしい。

早合点だったことにほっとして、そんな自分が猛烈に恥ずかしくなる。私生活はともかく、戸倉が子持ちだろうが自分には関係ないのに、なにを心配しているのだろう。

「へ、へぇー。飾ってるってことは、なんかの記念？　運動会で一位取ったとか」

「俺が産みの親からもらったもので、唯一これだけ手元に残っている」

軽い気持ちで訊ねたのに、予想もしない重い言葉が返って来た。もしかして自分はまた地雷を踏んだのか。黙り込んだ琉生をちらりと見遣り、戸倉は続けた。

「俺は、二歳で『不如帰のゆりかご』に入れられて、高校まで施設で育った。おまえが取材に行った先の分院だ」

琉生は黙ったまま戸倉を見つめる。ネット上にもない、それは初めて知る情報だった。

「お、俺なんかに、そんな話して、いいのかよ……」

心臓がドキンドキンと大きく脈打っている。

戸倉が嘘や冗談を言っているのではないことくらい、わかる。でも、なぜいま、このタイミングでそんな大事な話を自分に打ち明けてくれたのだろう。

戸倉は苦笑とも溜息ともつかない息を吐き、琉生を見た。

「別に、隠していることじゃない。アナウンサーは芸能人ではなく、報道人だと俺は解釈している。もっとも、最初に入った会社には表に出すなと言われたが」

アナウンサーという職業柄、色眼鏡で見られることを恐れたのかもしれない。ましてや生い立ちなど、自分からべらべら喋るような話でもない。

ただ、これまでお高く留まっていた男がふいに見せた素の表情を、琉生は見逃さなかった。成り行きとはいえ、一度は寝たこともある仲というのに、遠ざかる一方だった距離が、いまほんの少しだけ近づいた気がして、生唾を飲む。

戸倉のことを、知りたい。

「もっと、教えて……あんたのこと俺、なにもしらないから」

ここに来た理由を忘れたわけじゃない。

だがこの機会を逃したら、二度と近づけない気がして、気づけば口走っていた。

「聞いても面白い話じゃないぞ」

「いいよ、戸倉さんが嫌じゃなければ」

そう答えると、戸倉は苦笑して続きを話し始めた。

親に置き去りにされたのは二歳のときだったこと。場所は地方病院に設置された『不如帰のゆりかご』だったこと。

赤ちゃんポストはその名の通り、親が育てられない新生児や乳児を託すための匿名窓口だ。乳飲み子でない二歳児を託されて、施設側も当時は困惑したようだ。

着ていたものは誰かのお古と思われる少しへたったシャツとズボン。ポケットには戸倉の下の名前と生年月日が記されたメモが入っていた。

「アナウンサーになったのは、いつか実の親の目に触れる可能性に賭けたからだ」

知名度と放送区域の広さから、ＪＨＫを就職先として選んだ。

アナウンサーの世界はいまだ男尊女卑と言われている。自分は幸いにも男で、実力を正当に評価されていた。だが若いうちはスポットや中継ばかりでメインキャスターなど夢のまた夢というのが現実だ。そんなときに、ＪＢＣから声がかかった。

長寿バラエティ番組のイメージが強い局だが、夜は看板ニュース番組を持っている。渡りに船だった。

話題性が高く目立つ番組に出ていればいつか、実親の目に触れる可能性も高くなる。自分のスタンスで仕事をさせてくれるなら、視聴率は絶対に落とさない。バラエティもラジオも来る仕事は拒まない。

「実の親から連絡ほしいの？　恨みをぶつけたいとか？」

「いや、そうじゃない」

「なら、なんで？」

話してくれたのは、あれほど怒った理由に繋がる話だからだろう。鈍い自分にも、それくらいのことは理解できる。

だが、実親に見つけてほしいという願いが、どんな感情から来るものかは理解し難い。自分を捨てた親など、縁を切ったままのほうが前向きに生きていける気がする。

「子供の幸せが親の願いって言うだろう。この通り、まっとうに生きていることを知ってもらえたら、それでいい」

琉生は目を丸くした。

あなたが捨てた子供はこんなに有名になって稼ぐ男になりました、ざまぁみろ——そんな感情でもあるのかと下種な勘ぐりをした自分が恥ずかしくなるような解答だ。

「本気で言ってんのかよ。施設に置き去りにするような親だぞ？　あんたのこと見つけたら、利用するために名乗り出て来るかもしれないじゃん……！」

そんなことを勘ぐる琉生こそ性格が悪い、と思う人間はいるだろう。だが残念なことに、その手の話は、芸能界では珍しくもなんともないのだ。

ストレートすぎる物言いに、さすがの戸倉も怒りだすかと思ったが、彼はただ、苦笑を浮かべただけだった。

「ごめん……部外者なのに、悪く言って……」

話を聞いただけの自分でさえこんなにも憤りを感じるのに、当事者である戸倉はどうして平然としていられるのか、不思議で仕方ない。

「いや、たしかに一理あるだろう。実際、事情を知る人に、金の無心で名乗り出て来たらどうするんだと聞かれたこともある。だが、現時点でそんなことは起きていないし、今後もないと信じている」

「どうして、そんなお人よしなことが言えるんだよ。どうして……」

ひとを、そこまで信じられるのか。

自分だったら、きっと恨む。自分を見捨てた親のことを、きっと一生許せない。

自分はいらない子供だったのか。

なぜ最後まで育ててくれなかったのか。

生み出した命と自らの責任を放棄して、最初からなにもなかったように身軽になって生きていくなんて許せない。だったら最初から産まなければいいじゃないか。どうしても、そんなふうに思ってしまう。

いないほうがいい親だって世の中には存在する。

両親がいなくても、親の愛を感じながら育った戸倉を、羨ましいとすら思ってしまうのは、自分が条件つきの愛情しかもらったことがないからだろうか。両親揃った家庭に育ちながら、琉生は早く家を出たくて仕方なかった。

「ほら」

鼻を啜る琉生に、戸倉が黙って箱ティッシュを差し出した。照れ隠しに二、三枚、雑に抜いて鼻をかむ。アイドルの体面を気にするより、泣いたことが恥ずかしかった。当事者ならばともかく、自分に泣く資格などあるはずがない。

「俺が施設に置き去りにされた日は台風で、朝から雨が降っていたんだそうだ」

近くにバス停はあったが、電車で連れてこられたことは戸倉本人の証言が残っている。最寄り駅からの道は遠く、ぬかるんでいた。にも拘わらず、幼い戸倉が履いていた靴には泥がついていなかった。

親がずっと抱きかかえるか背負うかして、施設まで連れて来たからだろう。発達の遅れや虐待を受けた痕跡はなく、爪も歯並びも問題はなかったと、当時の施設担当者が記録していた。

子供を愛していなければ、施設まで連れて来ることさえしなかったかもしれない。

番組の特集で取り扱った育児放棄や虐待の例が次々と琉生の脳裏に思い浮かぶ。親からも社会からも置き去りにされた幼児たちだ。

壮絶な最期を迎えてようやく、事件として報じられるに至ったが、実際の子殺しや親子心中は、マスコミに報道される数よりははるかに多く起きている。育てられないなら、手放すことが子供のためになることもある、ということだ。

「愛情は注いでいたんだろうな、幼い俺に。でも、それ以上、育てることは無理だと悟った。あるいは、このままだと虐待するかもしれないと思い詰めたのか……」

貧困か、ＤＶか、育児ノイローゼによる育児放棄か、あるいはもっと他に要因があったのかもわからない。

育てられないと知りながら子を産むことに賛否はある。番組とて、手放しで肯定しているわけではない。

だが、だれでも、いくらでも言えてしまう綺麗事より、目の前にある現実として、世の中にはどうしようもない事情というものがある。

泣いても、叫んでも、大人でも、努力だけではどうしようもないことが。

「どうした。俺は可哀そうか？　俺の育ちは、感動ポルノより泣けるか？」

親元で育てられなくても、親の愛を知らないで育つとは限らない。つらいことも悲しいこともあっただろう。けれど、人並以上の苦労を味わったわけでもない。施設育ちだからといって同情される謂れはない。

「……っ、そんなこと、ない、……可哀そうとか、そんなんじゃ……」

拭うティッシュが間に合わないほど、ぼろぼろと涙が溢れ落ちる。

同情や哀れみなんて上から目線の感情じゃない。健気さに心打たれたわけでも、ましてや自分の恵まれた環境を再確認したわけでもない。

戸倉は立ち上がり、琉生の横に座った。あの夜と同じように項を引き寄せられ、流れのままに戸倉の肩に頭を凭せ掛ける。肩を抱かれ、慰めるようにぽんぽんと撫でられた。

「お人よしなんかじゃない。親が生かしてくれたから、いまの俺がいる。自分の選択が間違っていなかったと知ってほしい。それだけだ」

人生は選択の連続で、選択には後悔がつきものだ。

匿名性を守るため、不如帰のゆりかごに入れた子供のその後の人生は、生みの親にはわからない。手放すことが子供の人生を守るための選択としても、後々、良心の呵責に苛まれることがないとは言い切れない。

テレビへの露出は戸倉にとって、母親へのメッセージなのだ。あのときの選択は間違っ

ていなかった。自分はいま生きてここにいる。感謝こそすれ、恨んでなどいない、と。

『ルカは泣かないよ』

あの乳児院にいた子供たちは、可哀そうな存在ではない。

彼らは少しも自分を哀れんではいなかった。誰かを恨んでもいなかった。施設での生活を送る上で、親がいない寂しさを感じる瞬間はあるかもしれない。だが、三歳の子供でさえ、泣いてもなにも変わらないことを知っていた。

ありのままの現実を受け止めて強く生きようとする子供たちを、上から目線で勝手に哀れみ、健気だと心打たれるような映像に仕立て上げるなんて独りよがりもいいところだ。少なくとも、そんなアプローチは戸倉が望んだ番組作りではない。

「俺はジャーナリストを気取る気はない。アナウンサーとして、視聴者にありのままの真実を伝えることが報道だと思っている。カメラの前に立つ資格があるかどうかを、常に自分に問うている」

報じられる内容にどう感じ、なにをなすかは報道の受け手である視聴者に一任される。購買意欲を煽ったり、人を動かし、物や制度を作ったりすることにも繋がっていく。報道は、そんな力を持っている。だからこそ、公正かつ客観的であるべきだろう。

「ごめん…なさい。俺も、謝りに行って来る……」

深くうなだれ、琉生は言葉を絞り出した。

報道カメラの前で自分がやったことが、どれだけ最低な行為だったか。

番組が特集で伝えたかったのは、ありのままの真実だ。主観的な思い込みや決めつけでフィルターを被せ、視聴者に特定の感情を煽ることは取材した相手に対する侮辱でしかない。

ナイトテンの名前を出して取材するなら、自分があの場で果たすべき役割は、ドラマを演出することではなかった。与えられた仕事の本質をきちんと理解していれば、あんな言葉が出て来るはずもない。

「わかってもらえたなら、それでいい。あのＶは世に出ていない。記者も寮母さんも子供たちも、みんな気持ちを収めてくれた。俺がメインキャスターを務める番組の報道で、傷つくひとを出さずに済んだ」

戸倉が怒った理由も、自分に喋らせようとしなかった本当の理由も、いまはわかる。

技術的なことだけじゃない。番組への、そして報道への姿勢そのものがなっていなかった。こんな自分に、カメラの前に立つ資格はない。

――そんな基本的なことに、いまごろ気づくなんて。

「……もう、遅い」

「そうだな」

突き放すような戸倉の返しに、肩が震える。

やはり、もう挽回できないほどに呆れられてしまったのか。

「泊まっていけ」

間髪容れずにそう言われ、琉生は弾かれたように顔を上げた。

「いま、なんて？」

「そのほうが少しは寝られるだろう。明日…いやもう今日か。仕事が入ってるんじゃないのか」

ぽかんと戸倉の顔を見る。

「そ……だけど、タクシー呼べば帰れるし、これ以上、迷惑掛けられない……」

「そんな泣き腫らした顔で俺の部屋から出ていって、どこかの週刊誌に撮られでもしたら、あらぬ誤解を招く。で、明日の予定は？」

言われてみればたしかにそうだ。

「あ……えっと、ファンクラブ向けのカレンダーの撮影……」

「先に言え。目を冷やさないと腫れるぞ」

すぐさま戸倉が立ち上がり、タオルで氷嚢を包んで持って来た。即席のアイシングで目元を優しく冷やされる。うっすらと熱を持った肌に濡れたタオルが気持ちいい。

「どうして、こんなことしてくれんの」

「理由がいるのか」

タオルで目許を覆ったまま、琉生はぽつりとつぶやいた。

「そうじゃなくて。……あんた、俺のこと嫌いなんだろ」

優しくされた直後だからだろうか。

頭ではわかっているのに、いざ言葉にすると、泣きたいような気持ちが込み上げて来る。

「嫌い？　俺が、おまえを？」

「誤魔化さなくていいし。最初っから俺に冷たかったじゃん。それに、真崎さんだって」

真崎の名を出した途端、戸倉の目の色が変わった。

「真崎さんに、俺がおまえを嫌っていると言われたのか？　いつ？」

「や、名指しとかじゃないけど……！　俺の歓迎会の直前に、〝戸倉さんは七光りだけの二世タレントとか、枕でのし上がったような芸能人は嫌いだ〟って聞かされて……」

「それは間違っていないが、それでなぜ、おまえのことが嫌いだという結論になるんだ。おまえに売れている姉妹がいることは不可抗力だし、知名度を利用してるならともかく、むしろその情報を出されることを嫌っているだろう」

そんな立ち入った話を戸倉の前でしたことはない。にも拘わらず、戸倉は正しく琉生のことを理解していた。驚くと同時に嬉しくなり、そしてすぐに気持ちが沈む。

「……でも、俺のこと、枕やってるって思ってんだろ……」

「やっているのか？」

タオルを取り、琉生は激しく頭を振った。

「やってない！　やってない……けど……」

実際に、なにかの交換条件としてプロデューサーと性的関係を結んだことはない。

だが姉妹のコネと言われたくないがために焦り、根木に媚びてでも早く売れようとしていたのも事実だ。

「プロデューサーに目を掛けられていることを気にしてるのか」

タオルを弄びながら、琉生はへの字に口元を歪ませる。

戸倉はどこまでもお見通しだ。いや、いまさら隠せることでもない。

「根木さんは、アンパンの後釜に俺をねじ込めるくらいの力がある人だからさ。あることないこと噂されるより、根木さんの機嫌を損ねて干されるほうが怖いだろ」

自嘲交じりに答えながら、声が震える。

——ああ、こんなにも自分は、戸倉に嫌われたくないと思っているのか。

「おまえが売れることにこだわるのは、姉妹に対する劣等感か」

「それもあるけど、P-LieZのためもある……。俺は、P-LieZとしてステージに立ち続けたい。いつかドームコンサートを実現させるって夢を、叶えたい」

「そうか」

「馬鹿にしてるだろ」

「してない。ちょっとそこで歌ってみろ」

「はぁ？」

真夜中に近所迷惑だと渋ったが、さすが高級物件、防音はしっかりしているらしい。

窓際を指さされ、琉生は渋々立ち上がった。

大きく息を吸い込み、夜景を背に、アカペラで静かに歌い始める。バラード調のそれは、もうじきリリースされる予定のP-LieZの新曲だった。

肺活量が上がったのは、アンジュや戸倉に言われた通り、体幹を鍛え始めたお陰だろう。いままでは喉声を使わずに高く低く音を響かせることができる。ソロパートが危なげなく聞けるようになったと、歌入れの際に立ち会った作詞作曲家に褒めてもらえた。次の曲はソロパートを増やしてもらえそうだ。

「悪くない」

気をよくして、いつもファンにするようにキメ顔をサービスする。

「アンジュを紹介してくれた成果、ちょっとは出てるだろ？」

アップテンポな曲調も以前よりずっと楽に歌いこなせる。

戸倉を嵌めようとした夜、予想外に彼は真面目に相談に乗ってくれた。あれが最初の転機だったと言っても過言ではない。

それに、歌っていてこんなに楽しいと感じたのは久しぶりだった。

テレビカメラやファンの前で歌うときももちろん嬉しいし、集中してもいる。しかし、メンバーとの関係が芳しくなくなってからは緊張や恐怖などの雑念が纏わりつき、百パーセント楽しめなくなっていた。

でもいま、目の前にいる人のために歌うことの喜びを、また思い出せた気がする。心だけでなく、身体まで軽くなったように感じて、このひとに認められたいと強く思った。

「いつか、俺がP-LieZとして仕事してるとこ、戸倉さんに見てほしい」

「それは楽しみだな」

くるりとターンして振り向くと、戸倉は眩しそうな目で琉生を見つめていた。

ドキリとして、思わず声が裏返る。

「な、なに？　なんか変なこと言った？」

「やはり、アイドルなんだなと」

「当たり前じゃん」

「そういうことじゃない。悪い意味で受け取らないでほしいんだが。さっきの泣き顔ですら、なんというか……きれいだった」

「へ、へぇえ……そりゃ、どうも」

調子が狂う。顔がどんどん熱くなる。

造形はまだしも、泣き顔を褒められたのはさすがに初めてだった。

本来なら、嬉しがるところではないに違いない。だが、戸倉に言われると妙に照れくさくて、どう答えたらいいかわからない。

「明日は何時にここを出れば間に合うんだ？」

戸倉がさりげなく視線を外し、壁に掛けられた時計を見た。

「八時にイッシーがうちに迎えに来るって言ってた」

「朝、車で送ってやる。それなら二、三時間は寝られるだろう」

「い、いいの？　そこまでしてもらって」

「歌のギャラ代わりだ。ボイトレも真面目に通ってるみたいだしな」

ソファでいいのに、わざわざ寝室を使わせてくれるらしい。琉生は柄にもなくどぎまぎしながら戸倉の後ろについて行った。

「どうせアンジュからなにか聞いてたんだろ。もしくはイッシーからとか」

「だれにも、なにも聞いていない。だが、声の出し方や話し方は、少しずつ変わって来ていると感じていた。頑張っている姿を直に見なくても、それくらいわかる」

「じゃあオープニングコメント、半分わけて」

「調子に乗るな。無駄口叩いてないで、入れ」

豪華な調度品が揃ったリビングとは違い、寝室はシンプルな部屋だった。中央に置かれたベッドはクイーンサイズと大きく、ヘッドボードの両サイドには擦りガラスのランプがついている。まるでラグジュアリーホテルのような、落ち着いた雰囲気だ。

「適当に着替えろ」

柔らかな部屋着を渡され、琉生は急に喉が干上がるような感覚を覚えた。

「あ……うん……」

よく考えたら、急に泊まっていけだなんて、どういうつもりで言ったのだろう。ベッドを前にふたりきりでいる時点で、嫌でもあの夜のことを思い出してしまう。

あの夜は互いに酒が入っていたが、今夜は素面（しらふ）だ。

（なんか、緊張して来た）

戸倉は淡々とシーツを張り、ベッドメイクをしている。もそもそと着替えながら横目で戸倉の顔を確認したが、表情はうかがいしれない。

「おやすみ」

仕上げにミストを振り撒くと、戸倉は寝室を出て行った。

あまりのそっけなさに、引き留めることさえ忘れて呆然とする。

「……おやすみ。て」

ベッドに腰を下ろし、倒れ込むように横になる。

ここに来て急激に戸倉との距離が近づいた気がしたのは自分だけだったのだろうか。あんな眩しげな表情で自分を見ていたくせに、脱力した。

「……別に、期待してないし」

身体を丸め、ぼそりと自分に言い聞かせる。

いや、嘘だ。

本当は、心のどこかで期待していた。その気があるから泊めてくれたのではないか、と。

セクシャリティは結局わからずじまいだが、少なくとも既成事実はある。

戸倉の年齢なら、性的な欲求はまだまだ激しくて当然だろう。

逆の立場なら、一度でも寝たことのある相手を、下心ゼロで家に泊めたりしない。

（……あ）

ふと、耳が微かな浴室のドアの開閉音を捕えた。どうやら戸倉はシャワーを浴びに行ったらしい。ということは、風呂から出たらまた寝室に戻って来るのではないか。

気を取り直し、琉生は明かりを落とすと整えられたばかりのベッドに潜り込んだ。

別に、待っているわけではない、ただ、眠れないでいるだけだ。薄闇の中で耳を澄ませ、高鳴る胸を押さえながら聴覚に集中する。

だが、いくら待っても戸倉が戻って来る様子はなかった。風呂から出た気配はしたが、寝室には戻って来ず、そのまま足音が遠ざかる。やがて物音は消え、家の中はシンと静まり返った。

（どういうことだよ……？）

らちが明かず、琉生はベッドを抜け出した。トイレに行くふりをしてリビングを覗くと、ドアは閉められ、照明もダウンライトのみになっていた。怪訝に思いながら、ドアの隙間からするりと足を踏み入れる。

「戸倉さ……」

ソファの上で毛布に包まり、戸倉は目を閉じていた。

狸寝入りかと思ったが、上下する胸の動きは規則正しい。

本当に、ただ眠るだけなら、押し掛けた自分こそがソファを使うべきだった。だが、最初から戸倉は琉生にベッドを譲るつもりだったのだろう。

混乱したが起こすわけにもいかず、琉生はそっと踵を返した。

寝室に戻り、ベッドに再び潜り込む。

（あれか、少しでも寝かせてくれようとした……とか）

どうにかプラスに考えようとしたが腑に落ちない。

冷静に考えてみればたしかに、嫌いではないと言われたが、好きだとは言われていない。

一夜限りの交わりも、売り言葉に買い言葉からの成り行きだった。自分は底抜けに気持ちよかったけれども、戸倉は違ったのかもしれない。琉生の身体が気に入らなかったのか、よほど内容がつまらなかったのか。

戸倉にとっては酒の上での過ちで、今夜はただの親切心、——だったのだとしたら。

「……馬ッ鹿みたい、だ」

あんな顔で自分を見るから、勘違いしてしまった。

ひとりで盛り上がって勝手に期待して、恥ずかしい。

気分を落ち着かせようと、枕に強く顔を押しつける。ふと、微かな甘い香りが鼻腔をくすぐった。わざとらしい柔軟剤とは明らかに違う、さきほどのファブリックミストだろうか。オンエア中、隣に座る戸倉から微かに感じるのもこの香りだ。柑橘の爽やかさに、葉巻の苦みを足したような。使う香水とさりげなく揃えているあたり、随分と几帳面なことだ。

（戸倉さんの香りか……）

深く息を吸い込み、ゆっくりと吐き出した。

仕事中の戸倉のストイックな物言いや所作が次々と呼び起される。匂いというものは記憶を伴って強く感情と結びつくものらしい。真面目で禁欲的にさえ思われている男が、どんなふうに自分を抱いたのかまでを思い出してしまう。恥ずかしさとともに下腹部に不埒な疼きがこみ上げて来て、琉生は慌てて寝返りを打った。

「……ぅ……」

うつ伏せに押さえつけられた部分が鈍く痛む。

不完全燃焼のまま、やり場のない欲求が鎌首を擡げていた。シーツを掴み、浅く息をしながら不埒な衝動を抑え込む。

だが、収めようにも若い身体は思い通りにいかない。他事を考えてやり過ごそうとするが、鼻腔をくすぐるベッドの香りがすぐに邪魔をする。ここが自室なら手っ取り早く抜いてしまえば気持ちよく眠れるが、そういうわけにはいかない。

疲れマラとはよく言ったもので、それなりに疲れが溜まっていたのだろう。

悶々としたまま意地になって目を閉じているうちに、いつの間にか眠りに落ちたらしい。蕩けた意識の中で、優しい手に髪を撫でられた。瞬時に戸倉だと思ったが、眠くて目が開けられない。やはりソファだと寝にくくて戻って来たのだろうか。

寝惚けながらも、ベッドの反対側に身を寄せようとしたときだった。

「……ん」

ふいに気配が近づいて来て、唇を柔らかく塞がれる。

キスをされたのだと、理解した瞬間、触れあった半粘膜が一瞬で熱く痺れた。あまりの心地よさに溜息が零れ、心が一瞬で沸き立つ。

すぐにわかった。これは、夢だ。その証拠に、起きようとしても身体が動かない。そもそも戸倉がこんな真似をするはずがないのだ。――だから、なにをしてもいい。

「！」

琉生はハッと目を開けた。

枕元でベル音がけたたましく鳴り響いている。急いでアラームを止め、ふと違和感を感じて青ざめる。

「……マジかよ……」

目で確認するまでもない。下着の中がねっとりと濡れていた。よりにもよって、戸倉の家に泊まった日に夢精してしまった。恥ずかしいを通り越して冷静になる。

幸い、借りものの部屋着やシーツは汚れていないが、下着はもう穿ける状態ではない。

原因はわかっている。夜明けに見た夢のせいだ。

自分の目で確認したから知っている。リビングで戸倉はぐっすりと眠っていた。わざわざ寝ている琉生にキスしに来るなんてありえない。欲求不満と願望がそのまま夢に出たのだろう。

（ノーパンで服着て、コンビニに走るか……？）

とにかく戸倉にだけはバレたくない。

なんとか誤魔化して部屋を出る方法を模索していたときだった。

「起きてるか」

ノックもなしに寝室のドアが開き、琉生は文字通り飛び上がった。

「ワァアアアアア！」

絶叫に驚く戸倉の脇をすり抜け、全速力で洗面所に走る。パジャマのまま浴室に飛び込み、シャワーコックを思いっきり捻った。頭からシャワーが降り注ぎ、衣類をぐっしょりと重たく濡らしていく。

「おい、なにしてる！　寝惚けるのも大概にしろ！」

追い掛けて来た戸倉が、慌てた顔でシャワーを止める。

「あ……お、おはよー」

「なにがおはようだ。ったく、朝から度肝を抜かれた。そんなに寝起きが悪いなんて、マネージャーさんの苦労がうかがい知れる」

――こんな寝惚け方があるか。

心の中で突っ込んだが、バレて恥をかくよりはましだ。幸いシャワーで証拠はあらかた隠滅され、髪やシャツからぽたぽたと雫が滴る。

笑ってごまかす琉生から戸倉がふいに目を逸らした。

「着替えを出しておく。濡れたものはランドリーに入れておけ。シャワーでしっかり目を覚ましてから出て来い」

「サンキュ」

足早に浴室を出ていく戸倉の背中に濡れたシャツが張りついていた。見てはいけない物でも見てしまったような反応が気になって、目は自然と後ろ姿を追っていた。

濡れたものを脱ぎ、熱いシャワーを頭から浴びながら長々と息を吐く。

本当に、どこまでも都合のいい夢だった。

思い出すだけで胸が切なくなる。暗闇で唇を合わせた後、愛おしそうに頬や額にも優しく口接けられた。どんな顔をしていたのかまでは見えなかったが、じんわりと身体が熱くなり、幸せな気持ちに包まれたことは覚えている。

現実にはあり得ない、これは夢だとわかっていたから、大胆にも首に腕を回して「もっと」とねだった。欲望のままに腰を押しつけ、エロく舌を絡めまくった結果が夢精とは我ながら情けない。

(王子様アイドルが、中学生かよ)

シャワーを止め、手の甲でぐいと唇を拭う。

現実の戸倉の唇は知らない。

でも、夢の中で感じた戸倉の唇は熱く甘く、想像していたより柔らかかった。キスだけで果ててしまったくらい、濡れた舌の感触もやたらとリアルで生々しくて。

しばらくは、忘れられそうにない。


「貰ったパンツ、なんかやけに着心地いいんだけど」

安全運転で琉生の自宅へ向かう戸倉を横に見ながら、琉生が感嘆する。

熱いシャワーを浴び直し、浴室から出ると脱衣所には新品の下着が置かれていた。聞きなれない名前の国産ブランドだったが、履いてみると柔らかな肌触りでフィット感も抜群にいい。まるで履いてないみたいな履き心地だ。

「スーツを着こなすなら下着にも気を遣ったほうがいい。ズボンのラインがもたついてると台無しだ」

さすが意識高い系と感心していたが、言われてみればその通りで返す言葉もない。下着など、ほとんど気にしたことはなかった。自分で選ぶにしてもネタで買ったり、ファンが送ってくれたものを適当に履いていることもある。

（つか、これ……戸倉さんも同じの履いてるってことだよな……）

そう考えると、包み込まれている部分が妙に意識されて来る。ともすればおかしな気分になりそうで、慌てて窓の外に気を逸らした。

（相変わらず、いい匂いするし……）

戸倉が愛用するフレグランスは、朝だと印象が違って甘いだけではない男の精悍さを彷彿とさせる。もしかすると時間が経つにつれて優しくなっていくのかもしれない。

まるで、本人のように。

「あ、ここでいいよ」

マンションの前に横づけというのも気が引けて、少し手前で降ろしてもらう。

「頑張ってこい」

「……うん」

送り出されるやりとりがくすぐったい。

今日はカレンダーの撮り卸し写真の撮影だった。ファンクラブの会員向けに発売されるもので、それぞれの誕生月はソロカットになる。

平日は琉生がナイトテンで時間を取られるため、メンバー全員が揃ったカットは今日、撮影することになっていた。とはいえ、午前中は移動やインタビューなどで潰れてしまい、スタジオに入るのが一時間ほど遅れてしまった。最初から自分だけ入り時間が違うにも拘わらず、さらに遅刻となるといい顔はされないだろう。

スタッフに案内され、慌ただしくメイクルームに向かう。中に入ろうとしたときだった。

「それにしても今日のカモおっせーな」

ドア越しにメンバーたちが話す声が聞こえ、身体が固まる。

「ネギが重たいから遅いんだろ」

「……トモアキ。キョウスケも、そういうのよくないって」

「ユージンだって不満に思ってるくせに」

「そりゃ……でも、最近ちょっと頑張ってるじゃん。一度みんなで話したほうが」

「やめなって、カモが聞く耳持つわけないじゃん」

浮かれていた気分が一瞬で底まで冷え切る。

ドアノブに掛けた手が強張って、ぴくりとも動かない。

（カモネギ、か）

なるほどな、と自嘲めいた笑みが浮かぶ。

メンバーから、そんな陰口のような渾名で呼ばれているなんて、気づきもしなかった。気づきたくもなかったし、心のどこかでは、また以前のような関係に戻れることを期待していた。でも、それは独りよがりだったらしい。

（ちょっとまた努力したくらいで、甘いよな……）

一拍を置いて琉生は大きく息を吸い込み、ドアノブを強く掴んだ。勢いよくドアを開け放ち、室内に踏み込む。

「っはよざいまーす。根木は背負ってないけど遅れてすんませーん」

こんな自分に、傷つく資格なんてない。

プロデューサーに気に入られて琉生だけいい思いをしている。現状を鑑みればそう思われても致し方ない。それで仕事をもらえているのも事実だ。陰口をいちいち気にしていたら、この業界ではやっていけない。

キョウスケとユージンは気まずそうに口を噤んだが、強気なトモアキは開き直ったように食って掛かった。

「は？　そういうのまじうざいんですけど。てか待たせておいて何その言いぐさ」

「あーごめんって。誰かと違って俺、忙しいからさぁ」

ちゃらちゃらとした物言いで言い放ちながら、そんな自分に嫌気が差した。いつもならスルーできるのに、なぜか今日だけは止まらない。自暴自棄のまま、用意されていた衣装に着替え始める。

「やめろって琉生まで……。なぁ、この際だから言うけど、琉生だって、ほんとは俺たちに言いたいことあるんだろ」

ユージンが珍しく立ち入った言葉を口にしたが、もうどうでもいい。いまはただ、今日の仕事を終わらせることだけを考えたい。

「別に？　俺は気にしてないからいーぜ？　陰でなに言われてたってさ」

「本気で言ってんのかそれ」

「……キョウスケやめよう」

気色ばむキョウスケを、ユージンが諦めたように制止する。

(浮かれすぎてたな……)

メンバーと顔を合わせるのが久しぶりだったから、油断していたのかもしれない。この程度の陰口を耳にしただけで、一人前にダメージを喰らってしまった。自分にもまだ、そんな繊細な部分が残っていたなんて笑わせる。戸倉のことで舞い上がって、現実から気が逸れていた。

あとのことは覚えていない。

ただ仕事だと割り切って、カメラの前では飛び切りの王子様スマイルを振る舞った。少しくらい雰囲気がぎくしゃくしていようが、寝不足で肌が荒れていようが、メイクアップアーティストとカメラマンの腕さえよければ、それなりにいい写真が撮れる。プロがプロらしく振る舞えば大抵のことはどうにかなるものだ。なんとかならない部分は後から修正という手が使える。収録と同じだ。

撮影は夜まで掛かって終了した。

メンバーは先に帰り、最後にソロカットを撮り終えた琉生はひとりでメイクルームに戻った。スタジオで、衣装スタッフやカメラマンらは撤収作業に終われている。メイクを落とし、だれもいない部屋で着替えているところに、ふと入って来る人の気配を感じた。

「イッシー？　そこで待ってて、もうちょっとだから」

「石黒はとっくにキョウスケたちを送ってったよ」

「！」

振り向くと、根木がドアに凭れて立っていた。自分が送っていくからとでも言って石黒を帰したのだろう。

「浮気を見つかったみたいな顔、してるね」

「……今日は、オーディションだったんじゃ……」

事務所で仕事だから抜けられない、残念だよ……などとLIERでメッセージを送って来ていたから油断していた。

根木が組んでいた腕をほどきながら、もったいぶるような足取りで近づいて来る。

「早めに終わったから様子見に寄ったんだよ。それよりなに？　そのパンツ、琉生クンの趣味じゃないね」

鋭い指摘にギクリとした。

着替えるところを覗き見していたなんて悪趣味にもほどがある。

（なんて……なんて答えるのが正解なんだ）

根木に咎められるいわれはない。実際なにかがあったわけでなし、やましいことはなにもない。それなのに目が泳ぐのは、今日一日、戸倉を意識しないときなどなかったからか。

下着のお陰で撮影の合間やトイレ休憩など、ふとした瞬間、戸倉のことを思い出しては赤面していた。根木に知れたら間違いなく面倒なことになるだろう。

「ああ……ファンのコからもらったんすよ」

しれっと誤魔化した瞬間、目の前で根木が手を振り上げた。乾いた音とともに、頬に熱い痛みが弾ける。

「俺には嘘つくなって言っただろ？」

信じられない。

赤くなった頬を押さえ、琉生は大きな目をさらに見開いて後退る。根木は肩を震わせ、高慢な笑いを響かせた。

「アイドルの顔を叩くなんてありえないって思ってるんだろ？　でも俺はそういうとこ厳しくいかせてもらうから。俺に嘘ついた罰は受けてもらわないと」

「いた……っ根木さん！」

強く腕を掴まれ、引き倒される。根木の据わった目に、乱暴されると直感した。振り払おうとして引き戻され、もつれ合いながら床に転がる。

「離してくださいっ、根木さんっ」

抵抗にばたつく脚が近くにあったキャスターつきのハンガーラックをひっ掛けた。かかっていた衣装ごとラックが床になぎ倒される。

かなり大きな音が響いたが、誰も様子を見に来ない。おそらく根木があらかじめ人払いをしたのだろう。この状況はかなりまずい。

「嫌だっ！　やめてください！」

「脱げよそんなもん、捨ててやる！」

揉み合いながら根木は執拗に服をはぎ取ろうとする。いつものようにいなせない。本気

で琉生を強姦しようとしているのだ。

腹ばいの体勢で背後から圧し掛かられ、無理やりズボンを脱がされそうになる。

「抵抗するんじゃない！　おまえもP-LieZも俺の物だろうが！」

「っ⁉」

なかば脅されたようなものとはいえ、思わせぶりな態度で根木の機嫌を取って来たのは事実だ。まだ実力もないくせに早く売れたくて、目の前にちらつかされる見返りに手を出さずにはいられなかった。

みんなが知ったら、自業自得と笑うだろう。石黒、トモアキ、キョウスケ、ユージン——皆の顔が次々と脳裏を巡る。だが最後に浮かんだのは戸倉の顔だった。

『この業界で生き残りたければカラダでなくアタマを使え』

琉生は咄嗟に右手をポケットに突っ込んだ。

いつもの癖でそこにはスマホが入っている。心臓が大きく脈打つ。

「いい加減に……っやめろっつってんだろ！」

触られたくない。渾身の力で根木を突き飛ばし、起き上がる。

自分にも、他のだれかにも、もう嘘はつきたくない。戸倉を失望させるような真似はしない。自分が触れてほしい相手は別にいる。

「そんな態度をとって、ただで済むと思ってるのか？」

部屋を飛び出そうとする足が、一瞬だけ止まった。

根木が勝ち誇ったように追い討ちを掛ける。

「だれのおかげで仕事もらえてると思ってるんだ？　俺が目を掛けてやってるからだろうが！　おまえに！」

琉生は肩で息をしながら、床に転がる男を振り返る。

「そう…かもしれません。けど俺も、P-LieZもあなたの物じゃない。……本当は、ずっと嫌だった。売れるためと思って我慢して来たけど、こんなこと間違ってる」

根木はぽかんとしたが、すぐに顔を真っ赤にして畳み掛けて来た。

「な……っ生意気言いやがって！　俺のものにならないなら、業界にいられなくしてやる。P-LieZも、おまえの家族も、みんな潰してやるからな。俺の力を見くびるなよ……！」

最後のほうは聞き取れなかった。音を立ててドアを閉め、走って走ってスタジオを飛び出したからだ。逃げても後を追い掛けて来そうで、もつれる足を叱咤しながら表通りまで辿り着く。流しのタクシーを見つけると、手を挙げて乗り込んだ。行先をどう告げたのかは記憶にない。

——とうとう、根木に逆らった。

身体の震えが止まらないのは、襲われそうになったからだけではない。

脅しめいた暴言の数々が耳にこびりついて離れなかった。自分だけでなく、メンバーや家族までをも巻き込むことになるかもしれない。

それでも、引き返す気にはなれなかった。戻れば根木は、さらにあくどい要求をして来るに違いない。かろうじてスマホと財布だけはズボンのポケットに入っている。石黒に連絡を取ろうにも彼が自分の味方かどうかはわからない。ポケットの中でスマホが震え、琉生は飛び上がりそうになって震える手でスマホの電源を落とした。冷えた指を組み、祈るような気持ちで膝に肘をつく。

（どうしよう……どうしたらいい）

もう、引き返せない。

周囲に打ち明けても、いまの自分では信じて貰えない。事務所も根木が牛耳っている。上層部に握り潰されて終わりかもしれない。

それでも、歪んだ欲望のために自分を偽るのはやめにする。

琉生は両手で顔を覆い、震える息を吐いた。


美しくライティングされたガーデンエントランスの優しい光が足元を照らしている。

今朝、戸倉の車に乗せられてフロントゲートを出たときは、こんな事になるなんて想像もしなかった。

レジデンスの前に佇む琉生の傍らを、上品な夫婦連れが楽しそうに会話しながら通り過ぎていく。きっと今夜は楽しい団らんのひとときを過ごすのだろう。

戸倉が部屋にいるとは限らない。

連絡のひとつも入れずにまた押し掛けても、迷惑がられるだけだろう。かといって、事務所にも、自宅にも、世田谷にある実家にも戻れなかった。メンバーもマネージャーも、事務所と琉生を天秤に掛けたらどちらを選ぶかは火を見るより明らかだ。

（とりあえずホテルか……ネットカフェにでも）

踵を返し、数歩も歩かずに立ち止まる。

琉生の目の前に、私服姿の戸倉がいた。

ニットにチノパンというラフな休日スタイルで、手にはスーパーの袋を提げている。

この界隈には、遅くまで営業する高級スーパーやベーカリーなどが立ち並ぶエリアがあった。散歩がてら買い物にでも行っていたのか。

「今朝ぶりだな」

「…………」

「どうした？　仕事だったんだろう」

「……ウン」

本当のことなど、言えない。

アイドルらしい、お得意の作り笑顔を浮かべようとして、失敗する。

戸倉に泣きつこうとここに来たわけではない。ただ気づいたら、ここに立っていた。どこにも頼れる相手がいないない自分がひどく惨めでつらい。

近づいて来た戸倉が、ふと眉を顰めた。不自然に乱れたシャツや転倒の際にできた痣に気づいたらしい。いまさら隠すこともできず、腕を抱いて俯くしかない。つと伸びて来た手に、前髪を掻き上げられた。

「頑張ったんだな」

意外な言葉を掛けられて、戸惑う。

「……なんだよ、急に」

「そういう顔をしてる」

琉生は視線を上げた。

暖色系のライトに照らされ、戸倉は眩しそうな目をしている。昨夜と同じだ。顔だけは褒めてくれていたが、すべてを知っても、まだこんな目で自分を見てくれるだろうか。

ふいに涙が溢れそうになり、琉生は唇を噛んで大きく目を見開いた。滲む視界の中で、戸倉の姿が大きくなる。片手で頭を抱き寄せられて、もう止められない。

「上がっていくか」

首を振り、くぐもった声で答える。

「いい、悪いし」

「昨日の押しの強さはどうした？　夕食を作りすぎたんだ。腹が減っていると、ろくなことを考えないぞ」

「は……なにそれ」

鼻を赤くし、手を引かれるままに、朝まで過ごした部屋に向かう。

琉生のただならぬ様子に気づいても、戸倉はなにも聞いて来なかった。自分から話すまで触れないでいてくれるつもりなのだろう。

そんな気遣いが、いまはありがたかった。

「口に合うかどうかはわからないが」

そう言ってテーブルに並た料理を見て、目を丸くする。

具沢山の味噌汁に肉じゃが、生姜の香りづけがされたぶりの塩焼き。副菜は五種のぬか漬けに煮浸しと、刻みオクラの載った冷奴。茶碗にふんわりと盛られているのは五穀米だ。

夜景をバックにどんなお洒落飯が出て来るかと身構えたのに、意外なほど家庭的で二重三重に驚かされる。

「まさかこれ全部、自分で作ったとか？」

たしかに作りすぎたとは言っていたが、小料理屋で出て来るような品数の多さだ。

料理ができる男はモテると聞く。意識高い系は食事にも気を遣っているのだろうと勝手に予想していたが、自炊どころか糠床をかき混ぜる男だとは思わなかった。

「そんなに驚くことじゃない。副菜は週末に作り置きして冷凍している」

「……あんたって本当ギャップありすぎ」

「外食ばかりは飽きる。ひとり暮らしが長いとこうなるんだ」

言い訳がましさに噴き出すと、つられたように戸倉も表情を緩ませた。軽口を叩き合えるくらいの間柄になれたことが嬉しくて、少し調子に乗る。

「これ、写真撮っていい？　ネットには上げないからさ」

「構わないが、別に映えるような料理でもないぞ」

「そういうのがいいんだって」

だれにも見せる気はない。ただ記念に撮っておきたかった。戸倉に初めて料理を振る舞ってもらえたのだ。

スマホの電源を入れ、何枚か撮った後で「いただきます」と箸をつける。

こういうのを、ほっとする味と言うのだろう。初めて口にする料理なのに、まるで実家に帰ったみたいな安堵感に包まれる。

煮物も焼き物も薄味なのに出汁が効いていて滋味深い。特に、にんにくが効いた塩味の肉じゃがはあっと言う間に平げるほど気に入った。肉じゃがというと、みりんと醤油の甘辛いおふくろの味というイメージだが、戸倉が作ったものは鶏ガラの味が染みていて肉が多めなところが男っぽくて洒落ている。

「この肉じゃが、ボリュームがあっておいしい。酒のつまみにもよさそう」

「それはよかった。もっとにんにくを効かせてもよかったんだが、翌日の仕事に差し障るから控えめにしてある」

「俺、甘辛い味つけより、こっちのほうが好きかも」

「食リポの仕事が来ても、もう安心だな」

揶揄われ、琉生はうっすら頬を赤くして口を尖らせる。

「あれはもう忘れろよ。てか、これプライベートだし」

アイドルというだけでちやほやされて来た自分に、本気で駄目出しした人間は戸倉が初めてだった。あのときは反発しかなかったけれど、真面目に仕事に取り組むようになったいまは戸倉の正しさがわかる。

努力なしで結果を得ようとしていた自分は間違っていた。

ひとつひとつ、正していかなければいけない。

「俺……話さないといけないことがあるんだ」

食べ終わり、箸を置いた琉生がぽつりとつぶやいた。

「わかった。聞こう」

膳を下げ、向かい合って座った男の顔を、正面から見据える。

「俺……」

今日あったことを話す前に、伝えたいことがあった。

カーテンを開け放った窓の外には、昨日と同じ夜景が広がっている。

自分の心臓の音がやたらと大きく聞こえて来る。こんなシーンを、ドラマ以外で経験するなんて思わなかった。

「……俺、どうしたら、戸倉さんに、顔以外も好きになってもらえるのかな……」

――戸倉のことが、好きだ。

でも、いまの自分では戸倉に釣り合わない。恋愛対象になるならない以前の問題だ。自分自身、戸倉が好意を向けるに値しない人間だということくらい、わかっている。

「……ッ」

言葉を続けようとして、情けなく声が掠れた。咳き込む琉生に、戸倉が水を持って来てくれる。背中を撫でてくれる手が優しいのは、琉生が弱っているように見えたせいだろうか。

「悪かった」

告白に謝罪で返すとき、その答えは決まっている。

喉を潤し、一息ついた琉生の心臓が竦み上がる。

「な……に謝んだよ、わかってるって、俺、……俺は」

声が震えて言葉が続かない。

フラれる、と思った瞬間、琉生の背中に置かれた手が離れた。

「顔だけじゃない。変わろうとするおまえの努力も俺は見ている」

前を向いて固まったままの琉生を、戸倉が背後から抱き締めていた。

「好きだ」

耳許に落ちた切ない声に、ぎゅっと心臓を掴まれる。

「う、嘘だ」

「嘘じゃない」

混乱のあまり、逃げ出したくなって席を立つ。

だが腕を掴まれ、戸倉の腕の中に引き寄せられた。もがきながら戸倉の顔を見上げる。

「なんでだよ、だって俺、あんたに嫌われる理由しか思い当たらない……」

途切れたのは、唇で口を塞がれたからだった。

熱くて柔らかい半粘膜がぴたりと合わさり、舌が入り込んで来る。無防備な舌を絡め取られ、口の中をねっとりと舐め回された。

「っん……っ」

戸倉の手が後頭部に回り、より深く口接けられる。悔しいが、いままで経験したキスの中で一番、気持ちいい。まるで、昨日の夢の続きを見せられているみたいだ。

腰を抱き寄せられ、より身体が密着する。気づいたときには夢中でキスに応えていた。

「ふぁ……っ」

糸を引いて舌が離れる。息を荒げる琉生を片腕で抱き、戸倉が濡れた唇を親指で拭った。

「正直に申告する。……このキスは二度目だ」

「へ？」

「今朝、おまえが下着を汚したのは俺のせいだと言ったんだ」

その一言ですべてを悟り、琉生は顔を紅潮させた。

「な……っなんだよ、もう！　俺めちゃくちゃ恥ずかしかっ……あ！」

手の甲で下肢を確かめられ、思わず腰が引ける。キスだけで、形が浮かび上がるほどに勃起していた。

あわてて身体を反転させるが、戸倉の腕の中からは逃げられない。背後から囲い込まれ、テーブルに押し付けられた。

「ちょ……っ」

ズボンのファスナーを下げられ、突っ張った下着の一部が突き出る。今朝、戸倉に与えられたグレーの下着が不格好に引き延ばされ、先端がじっとり湿っているのが見える。下着越しに握り込んで来た戸倉の手を押さえようともがきながら、琉生は上擦った声を上げた。

「あっ……さ、触んなって、汚れるから……っ」

「何度でも汚せばいい」

　わざと形を浮き立たせるように勃起を弄ばれる。じゅくじゅくと先走りが溢れ出て、下着の染みが広がっていくのが恥ずかしい。唇を噛み、含羞の面持ちで快感に耐える垰生の耳許で、戸倉が囁く。

「念のために言っておくが……。俺は普段、共演者に手を出すなんてことは絶対にしない。おまえが特別だったんだ」

「う、嘘だ……だってホテル行った後も、戸倉さんいつもどおりだったじゃん。それって俺のことなんてなんとも思ってないからだろ」

「フリをしていただけだ。俺にだってプライドはある」

「なんのプライドだよ」

「おまえをちやほやして来た他の男たちと、同列に思われるのは我慢ならなかった。でも結局、あんな安っぽい挑発にまんまと乗せられてしまったから……いや、言い訳だな。出会った日からずっと……おまえから目が離せなかった」

　観念したように言いながら、熱を持った琉生の頬に軽く口接ける。

　どうしよう。戸倉にこんな素直で可愛い一面があったなんて、知らなかった。実際に寝たことはないものの、あの戸倉が、琉生の取り巻きに嫉妬していたなんて。

嬉しくて、ドキドキする。

「俺……俺だって、あんたをだれかと同列に思ったことなんかない」

戸倉は、根木とは違う。

戸倉には、どこに触られても気持ちいい。いまだって、布越しの刺激がもどかしくてたまらない。直に触れてほしくて、無意識に腰が揺れる。

「ずっと、思っていた。あの夜を、やり直したいと」

戸倉の、甘く掠れた低音ボイスが鼓膜に注ぎ込まれる。

震えるほど欲情を掻き立てられる。

「っ……また俺の顔をガン見しながらヤルのかよ……?」

あの夜は互いに素面ではなかった。いまもきっと正気じゃない。戸倉の気を引きたくて、乱してみたくてたまらない。性器の先端をひっかかれ、琉生は熱い息を散らした。とめどなくあふれる先走りが戸倉の手を汚していく。

「気を悪くしないでほしい。……挿入れられているときのおまえの顔が、たまらないんだ。俺がそんな表情をさせているんだと思うと、もう……」

そう言いながら、背後から強く腰を押し付けて来る。独占欲を剥き出しにした雄の台詞に臍の奥が切なく疼いた。

「……っあ、あ！」

戸倉の腕に爪を立て、堪えようとしたがどうにもならない。脳髄が焼き切れるような快感に足が震え始める。

琉生は膝から崩れ落ち、ずるずるとその場にうずくまった。はずみでポケットからスマホが床に滑り落ちたが、そんなことを気にする余裕もない。

「……ッ」

たかがこれしきの刺激で、あっけなく果てていた。直に擦られたわけでもないのに、だ。

床に座り込んだまま、琉生は涙目で息をつく。

濡れた下着が肌に張りついて気持ち悪い。戸倉の前で二度も粗相するなんて今日は厄日に違いない。

「その声、反則……」

潤んだ目で見つめると、戸倉は声を立てずに笑った。布から染み出した白濁を指ですくい取って、見せつけるように舌で舐め取る。赤く濡れた舌の裏側がぬらりと光る。

「エッロ……」

「俺の声でイッたくせに」

「言い方」

と、唐突に電子音が鳴り響き、琉生は飛び上がった。

数コールで留守電へと切り替わったが、点滅する光が着信を知らせている。

「電話」

「あとでいい。それより続き、して……」

言った傍から、再び着信音が響き始めた。

無視してキスをしていても、次から次へと着信やメールの通知音が鳴り響き、気が散って萎えてしまう。

「……ごめん……」

「構わない。仕事が優先だ」

戸倉が苦笑いでスマホを拾い上げ、琉生に手渡してくれる。

こんな時間に何度もしつこく電話して来る相手といったら、根木か石黒くらいしか思い当たらない。

「悪い。すぐ済ませ……、ん？」

ディスプレイに表示されたのは石黒からの鬼のような着信記録だった。そしてユージンからの新着メールと、根木からのＳＭＳメッセージがそれぞれ一件。いずれも数時間前に別れて以来だ。

嫌な予感がして、根木からのメッセージを恐る恐る開いてみる。どんな罵詈雑言を送って来たかと思いきや、「見た？ｗ」という一言にＵＲＬが添えてあるだけだ。震える指でそのサイトを開いた琉生は目を疑った。

「っな……に、これ」

飛ばされた先は『週刊文冬WEB』だった。週刊文冬は月曜発売のため、ウェブ版は日付が変わった瞬間の0時に更新される。

琉生は息を止め、太文字が躍る最新号予告を見つめた。

――P-LieZ真宮琉生、未成年飲酒疑惑現場を激写！

自分の記事が出るなんて話は事務所からも聞いていない。

（……なんで……？）

有料版には、赤いソファでアイリと並んで酒を飲んでいる琉生の写真が載っていた。忘れもしない、例のクラブで、戸倉にハニートラップを仕掛けることを港区女子に持ち掛けた日の写真だ。

「なにがあった？」

着替えを取って戻って来た戸倉に、琉生は震える手でスマホを渡した。

メッセージを見る限り、この写真を流出させたのは根木本人だろう。琉生との記事が出てもアイリにはメリットがないどころかダメージしかない。

「とにかく着替えろ」

戸倉に言われるままにのろのろと腰を上げる。

（ツーショットをこのアングルで写せた人間……）

すぐにヒロキと、その隣にいた地下アイドルが思い浮かぶ。

そういえば、ヒロキは女といちゃつきながらスマホでツーショットを撮っていた。隠し撮りされたとしたら、あのときに違いない。

「この写真は本物なのか。いつ、撮られた」

顔を顰めた戸倉の追及に、慌てて答える。

「本物……けど、たまたま隣に来て、ちょっと飲んだだけですぐに帰ったし、連絡先も知らない」

ヒロキの父親は、タレントに仕事を発注する会社のトップだ。パーティーなどで根木と顔を合わせる機会ならいくらでもある。ヒロキを抱き込んで琉生の写真を撮らせていたとしても辻褄は合う。なにかおいしい見返りでも提示したのか。

『潰してやる』——根木の言葉は、ただの捨て台詞ではなかった。

なぜ彼が業界内で「絶対に機嫌を損ねるな」と言われているのか、よくわかった。

事務所がダメージを食らおうと、自分が手塩に掛けてプロデュースしたアイドルだろうと、関係ない。思い通りにならないものは潰しにかかる。用意周到で、気に入らない相手がどうなろうと知ったことではない——そういう人間だからだ。

（スキャンダルをでっちあげて、活動休止にするか……下手したら契約解除……？）

頭がパニックに陥って、青ざめるしかない。

戸倉はスマホを琉生に返すと、代わりに書斎からノートPCを持って戻って来た。キーボードに指を走らせ、ネットで裏を取り始める。

「武田アイリ、アイドルグループ『木苺乙女』のセンター。女子高生アイドルグループを売りにしているわけか。たしかに未成年だ」

ネット上ではすでに炎上と言えるほどの大騒ぎになっていた。インターネット百科事典でも、彼女に関するページはひどく荒らされ、開くことさえできない。

「違うっ。公式では十七歳だけど、本人は二十三歳だって言ってた」

「公式では、か。なるほど」

アイリのＳＮＳは、これ以上騒ぎを大きくしたくない所属事務所によってアカウントが非公開にされてしまっていた。その対応が過激なファンの心情を逆撫でし、ますます火に油を注ぐ結果となっている。

「彼女から連絡は？」

「ない。会ったのもこのときが最初で最後だし……」

未成年飲酒疑惑についての潔白を証明するためだとしても、こちらが勝手にアイリの実年齢を公表したりはできない。

それに、少なくとも、クラブのＶＩＰルームで琉生といるところを撮られたのは事実だ。

それを口実に「重大な規約違反が認められたため」などとして、アイリを脱退させる可能性もないわけではない。アイリの口さえ封じてしまえば、木苺乙女は現役女子高生という設定ごと死守できる。

（俺のせいで……）

事務所を通じて協議することになるだろうが、火のないところに煙が立つのがこの世界の怖さでもある。今後は疑惑の視線がついて回ることになるだろう。

「本当だな？」

「ガチで本当」

目に力を籠めると、戸倉はひとまず安堵した様子で息をついた。

「ならいい。法を犯していないのなら、胸を張って収束するのを待てばいい」

「でも」

「冷たいようだが、撮られた責任は彼女にもある。そのうち、だれかが卒アルを探し出してネットの掲示板にアップするだろう。いまのご時世、年齢を偽っていてもなにかあればすぐバレる。問題は仕掛け人だ。心当たりがあるんだろう」

鋭い指摘に目を伏せる。

打ち明けたとして、戸倉に信じてもらえるだろうか。

「たぶん……タレ込んだのは根木さんだと思う」

「なぜ？　おまえは根木プロデューサーのお気に入りだったんじゃないのか」

もう、事実をあらいざらい打ち明けるしかない。琉生は自虐的な笑みを浮かべた。

手元のスマホを操作し、カメラロールの中の動画を再生する。驚くばかりだった戸倉の表情が次第に険しいものへと変わっていく。

「詳しく話せるか。嫌なら断ってくれて構わない」

「いいよ。戸倉さんになら全部話す」

琉生はいままでのことをすべて戸倉に打ち明けた。

デビュー当時から、琉生の態度次第でP-LieZをどうにでもできると脅されていたこと。エスカレートしていくハラスメントを、冗談めかすことでどうにか受け流して来たこと。

そして今日、メイクルームで襲われそうになったことまで、すべてを聞いた戸倉は、今日の琉生の酷いありさまにも納得がいったようだった。

「文冬の記事は俺への仕返しってか……たぶん、契約解除の理由にするためだと思う」

昨今は所属タレントの首を切るにしても相応の事由が必要だ。

未成年と酒席をともにしたとなれば話は早い。下手したら無期限の活動自粛、世間の反応次第では芸能界を引退せざるを得なくなる。そうなればP-LieZのイメージもガタ落ちだ。おそらく解散となるだろう。

ただ、アイリは二十三歳だ。その点は雑誌記者の確認不足だろうが、「異性アイドルと一緒にいるところを撮られた」という事実は残る。法的に問題はなくとも、互いにノーダメージとはいかないだろう。

「俺が悪かったんだ。甘い言葉を真に受けて。そんなの枕と変わらない……根木さんの機嫌をとって仕事もらったって、俺たちの実力でもなんでもないのに」

それでも。琉生の態度次第だと言われてしまえば、あからさまなセクハラも断固とした態度で断ることはできなかった。

自分は女性じゃなくて男性だし、相談できる人間も近くにいない。仕事をもらうために、名前を売るために、うまく受け流していくことも必要なスキルだと。

自己犠牲なんて言うつもりはない。根木のお気に入りだったから、融通してもらえた仕事もある。マネージャーやメンバーに誤解されようが、敬遠されようが、すべては自己責任だ。

「ナイトテンを降板する。ぜんぶ、俺のせいだから」

元はと言えば琉生の身から出た錆だ。運悪く巻き込まれたアイリにも、P-LieZのメンバーにも、申し訳ないことをした。謝っても謝り切れない。

「違う。おまえのせいじゃない」

「でも」

「聞け。いかなる理由があろうとも、ハラスメントは許されない。不法行為をされたおまえは被害者なんだ」

「……でも、みんなに迷惑掛けてる。アイリだけじゃない。P-LieZのメンバーにも、戸倉さんやナイトテン……ファンのコたちにだってきっと……っ」

所属事務所も、おそらく琉生より根木の言葉を信じるだろう。ナイトテンも未成年との飲酒疑惑があるタレントを使いたいはずはない。たとえそれが正しくない情報であっても、もう自分だけで済む問題ではない。

「だったら、闘え」

俯いていた琉生は、その言葉に顔を上げた。

「闘う？　簡単に言うなよ。訴え出ても、上から握り潰されるだけ……」

「ドームツアーやりたいんだろう。なんのためにいままで耐えて来たのかもう一度考えろ」

「！」

ああ、そうだ。思い出した。

自分にはまだ叶っていない夢がある。

そのとき、琉生のスマホが再び鳴り始めた。

「イッシーからだ……クビ宣告かも」

「だったらなんだ。この業界で生き残りたいなら頭を使え」

聞き覚えのある台詞にハッとした。

このまま芸能界から消えたら、自分は負け犬だ。

根木という権威に阿って来た反動は大きいだろう。

いまナイトテンを降板しても、疑惑は晴れない。むしろ逆だ。メンバーが不祥事を起こしたとして、事務所にP-LieZを解散させられるかもしれない。

汚名を着せられ芸能界を追放されるくらいなら、真実を世間にさらしてでも闘ったほうがいいのではないか——。

「……もしもし」

『琉生？　よかった繋がって……！　いまどこ？　自宅にいないことはわかってるよ！』

電話に出るなり、石黒のほっとしたような声が聞こえた。記事は石黒にとっても寝耳に水だっただろうに、怒るどころか心配してくれていたのか。

「……ごめん、心配掛けて……いま戸倉さんの家にいる」

『とにかく、すぐに迎えに行くから下手に動かないで。ホテルに部屋を用意したから、収拾つくまで絶対にマスコミの前に出ないように』

ようするに、マスコミ対策と言う名目の軟禁だろう。事の真偽は二の次として、会見の用意ができるまでは雲隠れして鎮静化を図る。スキャンダル対応としては常套手段だ。

だが、解決しなくてはいけない問題は他にもある。

(やり直したい)

掛け違えたままのボタンを元通りにしたい。悪循環を断ち切りたい。

「イッシー、ごめん。事務所に内緒で、大至急メンバーを集めてほしい」

『え？　なに言ってるの？』

「みんなの前で全部、俺の口から説明する。段取りついたらまた掛け直してほしい」

『……わかった』

琉生の声音でなにかを察したのか、石黒はそれ以上なにも聞かずに電話を切った。有能なマネージャーだから、すぐに手配してくれるだろう。

「闘って勝つために、力を貸してほしい」

腹をくくった琉生の頼みを、戸倉は快諾した。

「もちろん。向こうが真実を捻じ曲げて権力で潰しに来るなら、こっちは真実を暴いて報道の力で対抗するまでだ」

「報道の力？」

「根木のやり方は大胆で手慣れすぎてる。今回だけじゃない、おそらく過去にも根木のパワハラやセクハラの被害者がいるはずだ。証言を撮って番組で特集する」

「ナイトテンで⁉」

まさかの提案に驚いた。昼のワイドショーならともかく、ビジネス色の強いナイトテンで、芸能人のスキャンダルをメインで取り扱うなど前代未聞だ。

「来週の月曜から特集の内容が切り替わるのを忘れたか？」

笑みを含んだ戸倉の声に、あっと気がつく。

「人権週間！」

「そうだ。いまから動いて内容を差し替える。ハラスメントも立派な人権侵害だからな」

そんなことができるのかという疑問はすぐに解消された。ネットでの騒動の件で、真崎から戸倉の携帯に連絡が入ったからだ。短い話し合いののち、真崎は戸倉の提案を承諾したらしい。

通話を切った戸倉は、最後にと琉生に念を押した。

「本格的に動かす前にひとつ、確認させてほしい。テレビというメディアを使ってこの事実を公表するということの意味をわかっているか？」

琉生の喉がごきゅっと鳴る。

これまでアイドルとして、P-LieZの真宮琉生として積み上げて来たイメージというものがある。『キラキラした王子様』が隠して来たあられもない事実、それを武器に事務所と対立すれば世間はどう見るだろう。

今後は『同性のプロデューサーからセクハラされ、反撃告発したアイドル』という目で見られるようになるかもしれない。不本意なイメージがついて回るリスクを冒してでも、根木の行為を告発する勇気はあるか――その覚悟を、問われたのだ。

「躊躇があるなら断れ。いまなら引き返せる」

「構わない。偏見の目で見られるようになったとしても、自分自身で変えていく」

吹っ切れた様子を見て、戸倉も腹を決めたようだった。

次々とスタッフに連絡を取り、調査や作業を依頼する。大手芸能事務所を敵に回すであろうこの企画に、いったいどれほどの人間が協力してくれるのか。半信半疑だったが、戸倉は巧みな交渉術で必要な人員を集めていった。結城から少しは聞いていたが、オトシの戸倉とはよく言ったものだ。

琉生の視線を感じた戸倉が、冗談めかして肩をそびやかした。

「これが正しい報道の力の使い方だ」

「正しいかどうかはわからないけど、助かった。……あ」

再び、石黒から連絡が入った。メンバー全員と連絡がつき、これから用意したホテルの部屋に集合するらしい。石黒の運転する車が、あと五分ほどでマンション前につくと言われ、琉生は一旦、通話を切った。

「琉生、月曜はきっちり仕事してもらうからな。メイン張るくらいの気持ちでいろ」

これからスタッフと合流するらしい戸倉が、琉生にジャケットを放った。深夜は冷える。着衣を整えながら、琉生は晴れ晴れとした顔で「わかった」と頷いた。

明日、堂々とナイトテンのキャスターとして、カメラの前に座る。今度は、自分の役割を間違えずに伝えたい。

「明日カメラの前でビビらなかったら、今後はナイトテンの冒頭コメントを分けてやってもいい」

「いまの言質取ったからな、忘れんなよ」

慌ただしく部屋を出て、深夜のエレベーターに乗り込む。

ふたりきりの箱の中、どちらからともなくキスをする。

もしかしたら、自分がテレビに出るのは月曜が最後になるかもしれないけれど。

「ありがと」

戸倉が頷くのと同時に箱が一階につく。

ドアを抜け、ふたりは別々の方向へと走り出した。

翌日の月曜深夜、本番前のスタジオには戸倉と琉生の姿があった。

セットの中で定位置につき、やや緊張した面持ちで手元の原稿に視線を落とす。琉生の微かな震えに気づいたのか、戸倉がさりげなく琉生の肩を叩いた。

「大丈夫だ。みんながついている」

「……わかってる」

力強い言葉に震える指をきゅっと握り締める。ほとんど寝ていないにも拘わらず、不思議なくらいに頭も目も冴えていた。

今日の打ち合わせ段階まで、琉生の出演自粛が検討された。事実はどうあれ、スキャンダルの渦中にあるタレントを起用し続けるか否かは、局として難しい判断だろう。結果的に出演できることになったのは、戸倉が局の上層部に掛けあい、事実関係を釈明した上でスポンサーの納得を得られたことが大きい。

「オープニング入ります。本番五秒前ー……三、二、一」

カウントとともにオーニングが流れ、いつもどおり画面にキャッチが踊る。スイッチャーがカメラを切り替え、キャスターの顔が映し出された。

「こんばんは、ニュースブランチ・ナイトテンです」

順調な滑り出しに見えるが、スタジオは異様な緊張感に包まれていた。

なにがあってもいいように、数台のカメラの背後で石黒が見守り、オンエア卓ではリアルタイムでネットの動向を注視するスタッフがいる。いつもなら冒頭のニューストピックが読み上げられるところで、琉生は居住まいを正した。

「……昨日オンライン新聞社にて報道された記事に関しまして、不快な思いをされた皆さまに深くお詫びを申し上げます。内容に関しては事実でないことも含まれており、私から説明させて頂きたいと思います。関係者の皆様、並びに応援してくださっているファンの皆様に、ご心配とご迷惑をお掛けし、誠に申し訳ございませんでした」

謝罪する琉生の隣で、メインキャスターである戸倉もまた深々と頭を下げる。

戸倉が予想した通り、一夜のうちに卒アルなどの「証拠画像」が次々とネット上にアップされ、アイリだけでなくグループ全員分の実年齢が流出する事態となった。

事務所はメンバーのプロフィールを修正せざるを得なくなり、コンセプトの崩れた木苺乙女の公式ＳＮＳは大荒れの模様だ。

未成年飲酒疑惑については既に払しょくされているが、今度はアイリと琉生の互いのファン同士が争い、別の意味で炎上している。だがそれも今夜、ナイトテンと同時刻にアイリが琉生との関係を否定する動画を配信することになっているから、いずれは鎮火するだろう。

番組は流れるような進行で後半に突入し、いよいよ特集のコーナーが回って来た。

「……さて、改めまして、今週は『人権週間』。特集ゲストに人権問題の専門家である弁護士の浅葱(あさぎ)ゆかり先生をお呼びしております。浅葱さん、よろしくお願いいたします」

戸倉に紹介された弁護士が「よろしくお願いします」と頭を下げる。年齢は三十代後半、上下白のスーツに身を包み、見るからに気の強そうな凛とした女性弁護士だ。

「本日のテーマは『ハラスメント』。コンプライアンスとともに、よく耳にするようになって来た単語ですが、実は私たちにも身近な問題であることをご存知でしょうか。特にセクハラ、いわゆるセクシャルハラスメントは異性間での犯行と思われがちですが、実は同性間でも成立します。こちらのＶＴＲをご覧いただきましょう」

映像がスタジオ内からＶに切り替わった。会議室のテーブルに置かれた琉生のスマホから音声が流れる。

『だれのおかげで仕事もらえてると思ってるんだ？　俺が目を掛けてやってるからだろうが！』

『俺のものにならないなら、業界にいられなくしてやる。P-LieZも、おまえの家族も、みんな潰してやるからな。俺の力を見くびるなよ！』

〝――乱暴な言葉遣いで脅しともとれる発言をする中年男性の声。大手芸能事務所の取締役を兼任するプロデューサーＮ氏だ〟

映像には、自ら影アナをかって出た結城のナレーションがつけられている。

〝このＮ氏に怒声を浴びせられている相手は――〟

『俺はあなたの物じゃない。……本当は、ずっと嫌だった。売れるためと思って我慢して来たけど、こんなこと間違ってる』

〝Ｎ氏がプロデュースするメンズアイドルグループ「P-LieZ」のメンバーのひとりだ。いったい、大手芸能事務所に所属する彼らに、なにが起こっていたのか〟

映像が切り替わり、スタジオの琉生の横顔がカットインする。決意を秘めた表情を一瞬視聴者の目に焼きつけ、画面は戸倉にスイッチした。

「P-LieZというワードが出てきましたが、真宮さん」

「はい」

吉と出るか凶と出るかは、蓋を開けてみなければわからない。背筋を伸ばし、震えそうになる自分を叱咤しながら、琉生はまっすぐカメラを見た。

「N氏は、P-LieZのプロデューサーです。僕はデビュー当時から彼にハラスメントを受けてきました。いま流れた音声は、性的な関係を拒んだ私に対するN氏の言葉です」

パネル席に座る浅葱の眉が、わかりやすく跳ね上がる。

戸倉が背後に用意されたパネルの紙をはがした。

「こちらをご覧ください。週末トレンドワードに上がるほどネットを騒がせた記事なので、ご覧になった視聴者の方もいらっしゃるのではないかと思いますが……番組冒頭で本人からコメントがありましたように、隣に映っている女性は成人されています。誤った情報で記事が出された事実はともあれ真宮さん、この女性とはどういったご関係でしたか」

「数か月前に立ち寄った飲食店で初めて会い、ほんの数分、私の隣に座っていただけの女性です。写真は私の同意なしの盗撮であり、撮影されたことにも気づきませんでした」

「それが、N氏から罵倒された直後、ネットに記事が出たと」

「おっしゃる通りです」

なるほど、と戸倉は相槌を打ち、カメラに怜悧な視線を投げた。

「当番組の特集はこれまで、視聴者と生の情報を交換しながら展開する問題解決型のコーナーとして放送してきました。今回、当事者の顔を出した状態で告発することは、このデリケートな問題の取り扱い方として正しいかどうか、悩みどころでもありました」

「私自身、賛否両論が巻き起こることは覚悟しています。ただ記者会見ではなく、ナイトテンを選んだのは、こうした問題を取り扱うにふさわしいと思ったからです」

言葉を選ぶように喋りながら、琉生の手が、卓の上で固く握り締められる。番組の注目度を鑑みれば、今インターネット上ではどれほどの騒ぎになっていることか。

「撮影者とされる男性に、番組が独自に取材したＶＴＲがあります。ご覧ください」

再び、スタジオからＶＴＲに切り替わる。

〝――本題はだれがなんのためにこの映像を流出させたか……〟

『この写真は、Ｎさんに頼まれて俺が撮りました。クラブで琉生が未成年売りのアイドルと一緒のとこ撮って送れば、×××ちゃんと会わせてくれるって……』

放送では規制音で消されているが、実際のＶにはヒロキが熱を上げていたアイドルの名前がはっきりと入っていた。

憧れのアイドルと繋がれるかもしれない。そんな下心から、ヒロキは根木の指示通り、琉生と女性アイドルが隣り合って座ったところを盗撮し、送ってしまったのだろう。

知ったときには愕然としたが、同時にヒロキならやりかねない、と納得もした。むしろ持ち前の口の軽さでぺらぺら話してくれて、琉生こそ命拾いしたのかもしれない。

〝――わざわざアイドルとのツーショット写真を撮らせた理由とは〟

『さあ、未成年って信じてたみたいだし、保険というか弱みでも握るつもりだったんじゃないすか。ストーカーかってくらい琉生に執着してたんで。本人は嫌がってたみたいだけど、プロデューサーだから逆らえないでしょ』

〝――男性が『会わせてやる』とN氏から言われた女性タレントには、写真を送った後も会わせてもらっていないと言う。最初から虚偽の約束だったのかはわからないままだ〟

『結婚は女としかできないけど、恋愛は男としたい？　とか言ってました。前にもNさんのターゲットになったタレントが事務所を辞めたとか噂があった』

〝――取材班は過去にN氏からのセクハラで辞めたという元タレントの男性Aとの接触に成功。声を変え、顔を映さないという条件で、Aはインタビューに応じた〟

生々しく語られた内容によれば、その元タレントの男性Aは琉生と違って根木の要求に応じ、いわば不倫関係にあったようだ。根木と関係を持っている間は仕事も順調だったが、ある日突然、一方的に捨てられ、仕事が激減。Aは心身の調子を崩し、病気療養を理由にGJAを辞めさせられていた。

〝――Aさんは、法的措置をとることも検討しているという〟

ナレーションはそう締めくくり、スタジオに映像が戻る。緊張に強張った表情の琉生と、出演キャストたち。戸倉がパネリストの浅葱にコメントを振る。

「浅葱さん、どう思われますか」

「事実だとしたら言語道断ですね。自分が取締役を務める事務所のタレントを私物化し、仕事を餌に不適切な関係を強いていたわけです。このような人権侵害が横行しているとしたら非常に嘆かわしい話ですよ」

「セクハラだけでなく、これは人権侵害でもあると？」

「ええ、その通りだと思います。その点で、真宮さんは被害者ということになります。盗撮して弱みを握り、逆らえば見せしめに週刊誌に売る？　本来なら所属するタレントを守るべき立場の人間が……事実ならありえないことです」

「……！」

そのとき、オンエア卓のほうで動きがあった。

カメラの後ろ、スタッフが石黒に駆け寄って耳打ちするのが見える。事務所の人間がストップを掛けたのかもしれない。

「いま、速報が入ってきました。……グルーヴ・ジャパン・エージェンシーのＨＰで発表があったようですね。明日、社長が改めて会見を行う予定、とのことで、この件は続報を待ちたいと思います。この後はＣＭ、そして番組の最後には天気予報をお伝えします」

キャッチが踊り、ＣＭに入る。メイク直しの短い合間を縫って、琉生は隣席に視線を投げた。

戸倉と一瞬だけ視線が絡む。

張り詰めた気持ちが切れてしまいそうだから、私語は発しない。けれど、胸には熱いものが込み上げて来る。

まだ、すべてがおわったわけではない。

根木への法的な処罰も、所属事務所との話し合いもこれからだ。だが、たとえ事務所に干され、P-LieZの名前は変わったとしても解散はしない。

「……ニュースブランチ・ナイトテン、今夜はこれで失礼いたします。また明日、同じ時間にお会いしましょう」

「おやすみなさい」

いつもの台詞とともに、長かったオンエアの終了瞬間がやって来る。

タイムキーパーの声が響くと同時に、琉生は立ち上がった。

「ありがとうございました……っ」

腰を折り、出演者やスタッフに向かって深く頭を下げる。

自然と沸き起こったねぎらいの拍手に、なかなか頭を上げられない。

「頑張ったな」

戸倉に肩を叩かれ、琉生はようやく顔を上げた。やり切ったという思いを胸に、涙ぐむ。

真実を、ありのままに伝えた。

あとは視聴者が判断するだろう。


オンエア終了後、騒ぎが大きくなる前に琉生はひっそりと局を抜け出した。

向かった先はマネージャーが長期滞在用に準備したホテルの一室だ。

いまごろは、自宅前に大勢の報道陣が駆けつけてカメラを構えているだろう。インターネットのホットワードに名前が上がっているに違いない。ほとぼりが冷めるまでは、石黒が用意した部屋に滞在する予定になっている。

反省会を終えて、ホテルを訪ねて来た戸倉を迎え入れ、あとはもうなし崩しだった。部屋に入るなり理性は弾け、半ば戸倉を押し倒すような格好でベッドへと雪崩れ込む。

「ん、……っん」

濃厚なキスを交わしながら、互いの服を脱がせ合う。長く続いた緊張状態から解放された反動なのか、琉生の昂奮は高まるばかりだ。シャツとネクタイを毟り取り、雑に放る琉生を「落ち着け」と諫める戸倉も息が荒い。

「……他局の報道、見るんじゃなかったのか」

「……あ？」

背後の小さなテレビから、いま放送中の深夜ニュースが聞こえて来る。琉生がキスに溺れている間に、戸倉がつけたらしい。枕元に置かれていたはずのリモコンがいつのまにか戸倉の手にある。

「そのつもりだったけど、いいよもう……内容、わかってるから」

仰向けに寝る戸倉に跨り、琉生はしとどに濡れた唇を舐めた。

事の顛末は、ホテルまで送ってくれた石黒から聞かされた。

オンエア中、根木が放送を止めさせるために圧力を掛けて来たらしい。だが事態を重く見た社長から時を移さず取締役の地位を辞任させられ、それどころではなくなったようだ。

今後は弁護士も交えて話し合うようだが、会社としては根木に二度と芸能界と関わりを持たないという誓約を取った上で、事実上の追放処分にすると聞いている。

とろりと濡れた目で戸倉を見下ろしながら、琉生は膝立ちで身体をずらした。戸倉の下半身に手を伸ばし、兆し始めている戸倉自身を握り込む。

「それより、早くあんたが欲しい」

戸倉の眉間に、深く皺が寄る。腰に来る雄の表情に煽られ、琉生もまた劣情が抑えきれなくなっていく。

最初のときは自分ばかりがあられもない姿を晒したが、今度は戸倉の悦がる顔を見てみたい。抱く側だろうが、抱かれる側だろうが、男としての欲に差はない。

「琉生。今回のことで恩義を感じてサービスするつもりなら」

「んなわけあるかよ。勿論あんたに感謝はしてるけど。そんなんじゃない」

戸倉の雄を扱きながら、引き締まった下腹部に上半身を伏せる。手の中で大きさを増していく戸倉自身に顔を寄せ、見せつけるように亀頭にキスをした。

「あんたは根木とは違う。スキとかアイシテルとか、純粋にそっちの……っん！」

手の中で、戸倉自身が鯉のように大きく跳ねた。勢いよく手から離れたそれが、琉生の頬をぴしゃりと打つ。思わず視線を上げると、戸倉が片手で顔を覆っていた。

「……反則はどっちだ」

「！」

あの戸倉が、照れている。

口の中に唾液が湧き上がる。昂奮が一気に押し寄せて来る。

琉生は丸く口を開け、張り出した先端を含んだ。柔らかな唇で扱きながら、先端を舌先であやしてやる。気持ちよさそうな溜息とともに先走りが溢れ、琉生の口許を濡らした。

「もう、よせ」

軽く額を押され、性器がずるりと口から引き出される。

「やだ。俺だって、気持ちよくなってるあんたの顔が見たい」

上目遣いに戸倉の顔を見上げながら、先端から竿に向かって笛を吹くようにスライドする。口淫という行為どころか性液の味にすら抵抗を感じない。充分濡らしたところで口を離し、戸倉の腰に跨った。

「琉生」

「寝てろって」

戸倉の上半身をベッドに押し戻し、膝立ちのまま背後に左手を回した。右手で戸倉自身の根元を支え、左手の指で双丘の狭間を開きながらゆっくりと腰を落としていく。

「ん、……っん、あっ」

まんべんなく唾液で濡らしたペニスの先端に、後孔が吸いついた。そのまま飲み込もうとするが、やはり圧迫感がすさまじい。

半端な体勢で震える腰を、戸倉は両手で掴んだ。

「いきなりでは痛い」

「……だって……っ」

痛みに眉を寄せる琉生の肩を強引に引き寄せる。軽く口接け、戸倉は耳許で唆した。

「慣らしてやるから腰を浮かせろ」

「っあっ、う」

全身がぶるっと震えた。そんなイイ声で命令されたら従わざるを得ない。戸倉の胸に上体を伏せる形で、琉生は渋々と腰を浮かせた。

双丘を左右に割り開かれ、あらぬ場所に空気が触れる。ひくつく後孔を押し広げるようにして、左右から指先が滑り込んだ。

「ぁう、ぅ……ッ」

微かな濡れ音が部屋に響く中、テレビの音声が聞くともなしに聞こえて来る。

報道番組の体をとり、アイドルが自身の事務所のプロデューサーをセクハラで告発するという前代未聞の「事件」は芸能界に衝撃を与えたらしい。年配のアナウンサーとパネリストたちの放言がとぎれとぎれに聞こえて来る。

世間はいまのところ琉生に好意的なようだが、明日はどちらに傾くかわからない。

「俺に集中しろ」

微妙に琉生の気が逸れたのを、戸倉は敏感に感じ取ったらしい。片手で枕元を探り、リモコンでテレビを消した。怒らせたかと琉生は慌てて上体を起こしたが、長い指をひときわ深く差し込まれ、一瞬だけ意識が飛んだ。

「ンんっ」

掠れた嬌声を上げ、下肢をガクガクと震わせる。雑音が消えたせいで、指が抜き差しされるたびに、いやらしい水音が聞こえて恥ずかしい。奥で指を揺らされ、食い縛った口の端から唾液が滴る。

「ここが好いんだったな」

「っあ、やだっ、そこ、……っぁあっ」

感じる場所をしつこく弄り回されて、背中が反り返った。

性器の先端からとめどなく蜜が溢れ、戸倉の下腹部を汚していく。無意識に腰をくねらせ、強すぎる快感から逃れようとする。

だが戸倉はそれを許さずに、指の本数を増やして攻め立てた。絶え間なく中が痙攣し、あやうく昇りつめそうになる。

「まだイくなよ」

「っぁあ……！」

ずるりと指を抜き取られ、たまらず腰が揺れる。たっぷりと指で慣らされたそこが物欲しげにひくつくのが自分でもわかる。

もう待てない。浅く早い息をしながら、琉生は唇を何度も舐める。

「なぁ、さっきのリベンジさせて……」

「できるのか？」

「がんばる」

戸倉は虚を突かれた顔をしたが、すぐにククッと笑った。

「据え膳なら、断れないな」

「うっさい……」

そそり立つ戸倉のモノを窄まりに誘導する。慎重に体重を掛けると、存分に下拵（したごしら）えされた後孔が今度は素直に口を開け、ぬるつく亀頭部を飲み込んだ。

「あ、あ……挿入って、……っ」

見るからに凶暴なモノが、自分の中に侵入して来る。

久しぶりに受け入れるからだろうか、自分の中を戸倉の形に広げられていく感覚が生々しい。硬さと質量に呻きつつも、繋がる喜びで満たされていくのがわかる。

激しく息を乱しながら根元近くまで飲み込んで、戸倉の胸に手をついた。

「はぁ、あぁ、は……ぁ……っ」

腹が苦しい。苦しいのに昂奮が止まらない。琉生のペニスから蜜が滴り、戸倉の下腹にとろとろと滴り落ちる。どうにか根元まで収め切り、互いの肌が密着した。

「は……っ、あぁ、……っ」

苦しくて喘ぐように息をする。

痛くはない。だが内臓が押し上げられているような圧迫感があった。

ふと、以前、戸倉にされたように、下腹部を右手で押さえる。長く硬い芯が臍のあたりまで通っているのを確かめ、琉生はうっすらと笑みを浮かべた。こんなにも深く相手を受け入れて、つらいのに気持ちいい。

「頑張ったな」

幼児をあやすように頭を撫でられ、ふいに目の奥が熱くなった。

いままでの出来事すべてを含めた戸倉の言葉に、嬉しいような悔しいような、複雑な感情が込み上げる。

セックスに限った話ではない。言葉が持つ力も、恋より深い感情も、すべて戸倉から教えられた。ここまで人を好きになったのは初めてで、余裕がない。

「……いつか戸倉さんに追いついて、追い越して、もっと惚れさせてやるから」

涙ぐむ目を手の甲でぐいと拭い、照れ隠しに嘯いた。

戸倉は琉生の腰を撫でながら苦笑している。

「頼もしいが、いま以上に惚れさせられたら、おまえが困るかもしれない」

「……え？　あ！」

腰を撫でていた戸倉の手がするりと双丘に回る。割り開くほどの力で持ち上げられ、腰が浮いた。ずるりと戸倉自身が抜けていき、ふいに手を放される。重力のままに落ちた腰が深く相手を飲み込んで、甘い官能が突き抜けた。

「んぁっ」

「騎乗位が好きなんだろう？　ほら、もっと腰を振れ」

遠慮のない抽挿が始まった。指の跡がつくほど強く腰を掴まれ、跳ね上げられる。深く抉られるたび、水が飛び散るような音が響いて恥ずかしい。

「待っ、ンッ、まだ、あぅ……っ」

「充分、待ってやっただろう」

騎乗位でありながら、まったく主導権を握れない。幾度となく腰をねじ込まれ、ひっきりなしに喉から嬌声が溢れ出る。前回はあれでも手加減されていたのだと知ったところで今更だ。

「あ……あ」

ぬちゅぬちゅと上下に揺さぶられ、次第に身体に力が入らなくなって来る。翻弄されるままに、意識朦朧として来たときだった。

「んぁ……っ」

戸倉が急に身体を起こした。繋がったまま、器用に体勢を入れ替える。正常位で深く差し込まれ、琉生は息を乱し戸倉を見上げた。

「よ、悦くなかった……?」

端整な顔が近づいて来て、口接けられる。

「いや、見下ろされるのも悪くなかったが、……もどかしい」

顔の両脇に手をつき、戸倉がキスで濡れた唇を舐める。余裕そうに見えたが、実は生殺し状態に置かれていたらしい。

欲に濡れた男の顔に煽られ、はからずも臍奥がキュウッと収斂した。内襞が戸倉自身を押し包み、複雑な動きで締め上げる。自分ではどうにも制御できない。戸倉が眉間に深く皺を刻み、耐えるように息を絞る。

「っあ、あ、あ、あ……っ」

蠕動に逆らうように腰を引き抜かれ、一気に突き上げられた。重いストロークで浅く深く立て続けに抽挿される。伸ばした手で乳首を刺激され、ますます中の痙攣が止まらない。それなのに好き勝手に揺さぶられ、まともに息もできない。

「琉生、……また中でイッてるのか」

飛び掛けていた意識が戸倉の声で引き戻された。

射精した覚えはない。だがいつの間にか、ペニスから白濁混じりの性液がたらたらと漏れていた。シーツまで濡らすほどの量に激しい羞恥を覚える。

「し、しらない、っ……」

可愛いな、と蕩けるような声を聞きながら、腰を深く入れられる。戸倉に触れられる場所のすべてが気持ちいい。腰を引くときの粘った音にさえゾクゾクした。

もう、なにも考えられない。

「琉生、……琉生」

掠れた声で名前を呼ばれ、それだけで脳が痺れる。

好きなひとと肌を合わせる行為は、こんなにも気持ちいいものだったか。敏感な箇所をごりごりと擦り上げられ、突き立った性器が蜜をこぼしながら揺れる。

「もっ、……ッイく、イくっ……っ」

左右で戸倉の手を握り締め、琉生は背中を撓らせた。腰を送り込む動作が速まり、感じる場所を幾度となく突き上げられる。電流のような快感が脳天を直撃し、視界が白く灼ける。互いに限界だった。

「――ッ」

跳ねた性器の先端から、白濁が吹き上がる。ほぼ同時に、戸倉がずるりと自身を引き抜いた。胸から腹にかけてびしゃりと熱液を掛けられ、なんともいえない被虐的な快感に包まれた。混じり合った白濁が筋肉の線に沿って、とろとろとシーツにまで垂れていく。

「まだ、足りない……」

「……俺も」

互いに汗だくのまま、幾度となく口接けを交わした。再び抱き合う。

いつか夢のステージで、最高のパフォーマンスができたなら。

きっといまと同じくらい、幸せだろう。

「みんな！　ありがとー！」

「また会おうね！」

アンコールに応えたP-LieZの面々が、口々に叫びながらステージからハケる。動くたびに額の汗と煌びやかな衣装がキラキラと光に反射して眩しい。

安堂の復帰と同時に、琉生はナイトテンを卒業した。休学していた大学にも復学し、アイドルも学業も手を抜かない忙しい日々を送っている。

『迷惑掛けて、ごめん』

――あの夜、石黒に頼んでメンバーを集めた琉生は、皆の前で土下座した。そしてこれまでのことを嘘偽りなく懺悔し、もう一度、皆と夢を追うチャンスがほしいとなりふり構わず懇願したのだ。

罵倒されることも覚悟していたが、メンバーたちから返って来たのは意外な言葉だった。

『文冬記事なんてどうだっていい。……本当はずっと前から、みんな気づいてたんだ』

メンバーたちは根木と琉生の本当の関係に気づいていた。未成年のトモアキだけは最近まで知らなかったようだが、他のふたりはとっくに察していたらしい。

『琉生がなにも言わないで立ち回っているのが腹立たしかった』

『琉生を犠牲にして成り立ってるP-LieZを続けていくのが苦痛だった』

『琉生の顔を見るとイラついて、きつい態度を取ったり、八つ当たりしたりして……そんな自分が情けなくて悔しかった。――ごめん』

アイドルとプロデューサーが同意の上で、互いに利用しあっているのかと白い目で見ていたが、それぞれやりたかった仕事が降って来るようになるにつれ、そうではないことに気づいたようだ。

仕事をもらうために、琉生を根木に差し出している。その葛藤と罪悪感、そして琉生本人はなにも言わずにいる悔しさなどがメンバーにはあったらしい。自分たちの関係をぎくしゃくさせていたのは、嫉妬ではなくただのコミュニケーション不足だったのかもしれない。

『俺も悪かった。けど、それだけ俺はこのメンバーでずっとやっていきたい思いが強いんだ。そのために、みんなの団結力が必要なんだ』

琉生も独りよがりをみんなに謝り、わだかまりは解けた。そして琉生の言葉に全員が賛同し、それ以来、喧嘩らしい喧嘩もしていない。

雨降って地固まるとはまさにこのことで、結成当時よりいまのほうがメンバー同士の結束は強まっている。意見の食い違いから言い争うこともないわけではないが、いまはなんでも本音で話せる関係だ。

ＧＪＡの社長は根木の監督不行届をメンバーに謝罪し、最後まで引き留めてくれたが、今後のことも考え、独立することにした。

メンバー全員で話し合って決めたことだったが、石黒までが会社を辞めてついて来てくれるとは思わなかった。嬉しい誤算だったし、マネージャーとしてこれからもP-LieZを守り、サポートしていくつもりだと言ってくれたのも心強い。

再出発したP-LieZはいま、コンサートツアー中だ。

規模的には、地方の公民館や中小ホールが中心となっている。

分不相応なほど大きな箱で演らせてもらっていたころより、みんなでどさまわりしているいまのほうが、ずっと楽しい。楽曲の売り上げも少しづつ上がって来ているし、いつかドームツアーをするという夢も捨てていない。

「気持ちよかったー！」

「お客さん近かったね！」

汗だくで楽屋に戻ると、戸倉の名前で琉生に花束が届いていた。

メッセージカードにはたった一言、走り書きながら美しい文字で「なかなかよかった」と記されている。このそっけなさに戸倉の嫉妬心が透けて見えるようで、笑みがこぼれた。

（見てくれたんだ）

メッセージカードには、琉生たちが泊まる予定のホテルの名前が入っていた。見れば裏面に四桁の数字が記してある。わざわざ戸倉も同じホテルに部屋を取ったらしい。

「なにニヤケてんの？　やらしー顔しちゃってさ」

　頬を緩ませる琉生を見て、すかさずトモアキがからかった。

「違うって、そんなんじゃないよ」

　戸倉に自覚はないようだが、琉生が女性に騒がれているところを目にした日の行為は特に激しい。部屋を訪ねたら最後、しつこくも熱い夜になるのは間違いない。

「えーなに、客席に可愛いコでもいた？」

「ばーか、今日来てくれたコみんな可愛いかっただろ」

「たしかにキョウスケが正しい。俺らのファンは全員可愛いかんな」

　他のメンバーも便乗して、楽屋内は明るい笑い声に満たされる。和気あいあいと、男子校みたいなノリで騒いでいるところへ石黒の雷が落ちた。

「みんな着替えたら、早く出て！　裏口にファンのコたちが集まっちゃうと、出られなくなりますよっ」

　すでにタクシーを待たせているのだろう。衣装や小物をかき集めるスタッフたちを置いて、琉生たちは急き立てられるように楽屋を後にする。

「琉生！　早く！」

「わかったってば」

　いまも、これからも、夢に向かって一歩一歩、進んでいると信じている。

花束を片手で掴み、琉生は地下の車まで走った。後部座席に飛び込むと同時にドアが閉まり、滑るように夜の街に向けて走り出す。

飛び散った花弁が、まるでステージの紙吹雪のようにメンバーの頭上を舞っていた。

（了）

アイドルの夜と朝

『見た目だけの頭空っぽなアイドルでも、きみの隣に座らせとけば相乗効果で話題になる。ほら、ナントカと鋏は使いようって言うでしょ？』

――頭空っぽ？

ホテルの上層階の一室から夜景を見下ろし、戸倉は思い出し笑いを浮かべる。

あれは、ナイトテンに真宮琉生のキャスティングが内定した日の夜のことだったか。

『お言葉ですが、彼のどこを見て頭空っぽなアイドルと判断されたのでしょうか。いくらスポンサーでも、番組の品性を貶める発言は控えていただきたい』

あのときの担当者の慌てぶりは忘れられない。

美しい男――真宮琉生の第一印象は極めてシンプルなものだった。

『おはようございます、どうもどうも』

琉生と初めて顔を合わせたのは、局内の会議室だった。

ナイトテンのレギュラーはメインを張る戸倉以外に、気象情報担当者、スポーツキャスター、フィールドキャスター、曜日替わりの解説者やコメンテーター、ナレーターまで数多いる。ただ、その日は琉生のアナウンス力を前もって知っておく目的で呼び出したこともあり、戸倉と琉生のみの対面だった。

『お世話になります、ＧＪＡ（グループ・ジャパン・エージェンシー）の石黒（いしぐろ）と申します。こちら、弊社のタレントの真宮琉生です』

立ち上がって迎えた戸倉に、石黒が連れて来たタレントを引き合わせる。

『ＪＢＣの戸倉一士（はじめ）です。これから、よろしくお願いいたします』

『真宮琉生です。どーも、初めまして』

聞いていた年齢よりやや幼く感じたのは、砕けた口調のせいだろう。視線をやや伏せたまま、軽く頭を下げた青年は、一目で伊達（だて）とわかる大きめの眼鏡を掛け、黒いマスクで顔の半分以上を覆っていた。

石黒は少し離れて座り、ふたりは白い長テーブルを挟んで向かい合う。俯（うつむ）いて眼鏡とマスクを外す琉生を、戸倉はさりげなく観察した。

（なるほど、造形は完璧だ）

事務所の力はともかく、真崎がキャスティングを了承したのも頷ける。いや、そんなことはどうでもいい。知りたいのは、まともにニュースが読めるかどうかだ。

戸倉は咳払いし、琉生の前に一枚のニュース原稿を滑らせた。

『早速で申し訳ないのですが、この原稿を読み上げてみてください』

そのとき、琉生が初めてまともに顔を上げた。

薄い目蓋が持ち上がり、夢見るような瞳がまっすぐに戸倉を捕らえる。目が合った瞬間、戸倉は思わず視線を逸らしていた。

『これ、昨日のニュースの内容ですね』

『……、はい。本原稿です』

心臓を鷲掴みにされる、とは正にこのことだった。

メイクもなにもしていない、作られていないはずの素の表情に、一瞬、言葉が出なくなるほど見惚れたのだ。

きっと、本人は意識さえしていないだろう。

それは、美しさを武器にできる人間だけが持ち得る表情だった。囚われたら最後、きっと目が離せなくなる。この瞳で、この声で、いったいどれだけの人間を虜（とりこ）にして来たのだろう。

（――なんて、あざとい）

魔性のような彼の引力は、無自覚に発せられるからこそ質が悪い。

そして、まんまと捕まった自分にも腹が立った。

仕事上、外見の整った人間など見慣れている。だが彼の持つ魅力は次元が違った。

もっとも、このときの殴られたような衝撃が、一目惚れというものだと気づいたのは、彼と一夜をともにしてからだったが。

（こんな関係になれるとは思わなかったな……）

しみじみと感慨を噛み締めながら戸倉は窓際に佇む。

件の担当者はとんだ思い違いをしていたようだが、コネや見た目だけで生き残れるほど、この世界は甘くない。琉生自身がこれから証明していくだろう。

静寂の中、鼓膜が微かなノックの音を拾った。逸る心を抑え、ドアを開ける。同時にビッグパーカーのフードを目深に被った青年が中に滑り込んで来た。

「チャイムを鳴らせばいいだろう。あやうく聞き逃すところだった」

チェーンを掛けて振り向くと、パーカーのフードを下げた琉生がけだるげに首を振った。

シャワーを浴びたばかりなのだろう、襟足がまだ湿っている。

「来るのが遅くなったから、もしかしたら寝てるかと思って」

「寝てたら帰るつもりだったのか？」

細い腰を抱き寄せ、ついでに琉生の尻を探る。小さく声を上げた彼の尻ポケットから出て来たのはミニサイズのローションボトルだった。

「……。ヤル気満々で来たくせにとか思ってるんだろ」

こんなものを隠し持って来て、よく言えたものだ。

不貞腐れたように尖る口に音を立ててキスをする。

「こっちだってとっくにその気だ」

久々の逢瀬だ。幾度も口接けを交わしながら、奥のベッドに追い詰める。もつれ込んだシーツの上で、琉生がなぜか唐突にストップを掛けた。

「ちょっと待って。明日、歌番組の収録が入ってるんだ」

知らないわけがない。その番組の司会を担当するのは他ならぬ戸倉自身だ。

「跡をつけるなと言いたいんだろう」

「跡もだけど……寝る時間、残しといてほしいかなって」

戸倉の口端がわずかに上がる。

明日、どんな顔で収録に来るか、楽しみだ。

「なら、協力しろ」

「なにを」

重ねたクッションを背に、琉生の上半身を背後から抱え込んだ。戸惑う琉生の手に、先程のローションボトルを握らせる。

「自分で準備しろ」

「はぁ?」

オーバーサイズの柔らかなパーカーをたくし上げ、中に手を滑り込ませる。指先に捕らえた胸の突起を弄(もてあそ)びながら戸倉は耳元で囁いた。

「俺の手はいま、こっちを可愛がるので手一杯なんだ」

「っ、よく言うよ……」

嫌そうに言いながらも、素直に下衣を脱ぎ始める。羞恥心を悟られたくない故だろうが、すでに耳が赤い。

「もっと脚を開いて。よく見えるように」

琉生の肩越しにさりげなく手元を覗き込む。彼の性格上、それなりの下準備は済ませて来ているだろう。熱を持った耳に口接けると、琉生は短く息を呑んで身じろいだ。

「もう勃ってるのか？　可愛いな」

すでに脚の間では中心が硬く上向いて、雫を垂らし始めている。琉生は赤くなりながらローションを開け、たっぷりとぬめりを絡ませた指を脚の間に滑り込ませた。

「んっ」

「もったいぶるなよ。早くしないと、寝る時間がなくなるぞ」

乳頭を強めに抓り上げると、琉生が大きく息を呑んだ。

行為のたびにしつこく愛撫して来た彼のそこはいまや性感帯と言っていい。爪先でくじるように転がしてやると、琉生は耐えきれず声を震わせた。

「やっ……そんな……っしたら、衣装、着られなくなるだろ、っ」

メンズアイドルのステージ衣装は意外と重い。派手な装飾を施された固い生地が、激しい動きのたびに擦れればどうなるか。腫れて敏感になった乳首にその刺激は拷問だろう。

「絆創膏でも貼っておけ」

「ばっ……そんな恥ずかしいこと、できるわけな……っ」

「ああ、手が止まってる。早くしないと朝が来るぞ」

いつもより意地悪したくなったのは今日見たステージのせいか。

眩しい照明と歓声を一身に浴びる琉生は、メンバーの中でもひときわ輝いて見えた。これからも多くの人間が彼の魅力に気づき、強く惹きつけられていくだろう。

順調にステップアップしていく彼へ送るエールや祝福の気持ちは嘘ではない。だが同時に、会場でファンと同じ場所からステージを眺めていると、誇らしさとともに喉が干上がるほどの焦燥に駆られる。アイドルはみんなのものだとわかっていても、醜い独占欲に苛まれるのだ。

「っ、ひ……っ」

急かされるまま、琉生は立てた膝を大きく開き、後孔に指を押し込む。ぎこちなく中を弄るたびにペニスが揺れ、とめどなく蜜を滴らせていた。ひそやかな濡れ音に耳を犯され、肩越しにも彼の目が潤んでいるのがわかる。

(――俺だけが知っている……)

女性たちが憧れ、見上げていた男のこんなはしたない姿を、知っているのは自分だけだ。

そう思うと、ほの暗い独占欲がほんの少し宥められる。

このまま琉生を組み伏せ、自分が与える快楽によって滅茶苦茶に喘がせたい。アイドルとしての美しい顔ではなく、素の真宮琉生をあられもなく剥き出しにして乱したい。

「……挿れたい」

掠れた声で口走った戸倉を、琉生が肩越しに振り返った。

誘われるままに深く口接け、上を脱がせながら対面する形に体勢を変えさせる。衣擦れの音と微かな水音だけが部屋に響く。淫靡に濡れた唇を舐め、琉生は掠れ声で囁いた。

「……俺も、イキたい」

くらりとするほどの壮絶な艶に戸倉の喉が鳴る。肩を掴む手に力が入り、気づけば乱暴に押し倒していた。

「あ！」

開いた脚の間に腰を入れる。潤みきった孔にペニスの先端を寄せると、組み伏せた白い身体がビクリと跳ねた。

「ふ……っう、あぁ……っ」

剛直の根元をむりやり押し下げ、痛みに眉を寄せながらゆっくりと侵入していく。指では物足りなかったのだろう、中が歓喜に震えて絡みついて来るのがわかる。根元まで押し込むにつれ琉生の背中が浮き上がり、腹筋が大きく波打った。

「いつもより、感じてるじゃないか」

下半身を密着させ、息も絶え絶えの琉牛を見下ろした。

すがるように伸ばされた腕は細いながらも無駄のない筋肉を纏(まと)っている。彼の顔も身体も、造形のすべてが3Dグラフィックで作られた映像のように隙がない。だからつい、彼が生身の人間であることを確認したくなってしまう。

「あぁ、……っ！」

亀頭部までゆっくり引き抜き、勢いよく根元まで収め切る。奥の悦い場所を突いた途端、まるで電撃を食らったように、滑らかな背中が反り返った。硬く勃った乳首の淫らな色が男の興奮を掻き立てる。

もう、止められない。

細く引き締まった腰を掴み、断続的に突き上げる。白い身体が踊るように跳ね、そのたびに屹立が振り回されて粘った雫を散らしていた。深く飲み込まれた部分が熱く締めつけられ、痺れるような快感にともすれば持っていかれそうになる。

「や、っ強い、っ……っそんな、っ、深くまで、挿れたら、っ……！」

「挿れたら？」

「っすぐ、い、……イ、ッ……ちゃ、う、……っ」

まだイきたくないらしい。性的快感を長く味わいたい気持ちは同じ男として理解できる。

清廉で美しい見た目からは想像もつかない、欲望に素直な彼が可愛くてたまらない。

「でも、睡眠時間を確保したいんだろう？」

体奥で得る快楽を知って間もない身体はたわいない。悦を知り尽くした年上の男にいともたやすく追い詰められる。

「あっ、あ！　やだ、も……っ」

青年らしい弾力のある尻を指の跡がつくほど強く掴み、戸倉は激しく突き上げた。

悦楽に抗おうと食いしばった唇が赤く色づき、端から細く唾液が滴る。壮絶な色香が滲むその表情に、眩暈がするほどそそられた。

「あぁ、あ……っ」

琉生が細く喘ぎを漏らしながら、背を弓なりに撓らせた。白く滑らかな腿の内側がピンと張りつめ、小刻みに痙攣する。耐えきれずに達する瞬間を目に焼きつけながら、琉生の中に自身の熱を注ぎ込む。

「戸倉さ……ッン、ふ」

震える身体を抱き寄せ、唇を貪った。独占欲の塊だと罵られてもいい。どれだけ注目を浴びる存在になろうとも、この男を抱けるのは自分だけだ。

（いっそ、どこかに閉じ込めたい）

口にはできない願望を胸に、戸倉は愛しい男の身体を抱き寄せる。

跡はつけない、と約束したものの、だれにも見せない場所に自分だけの印が欲しい。戸倉は滑らかな長い腕を恭しく持ち上げ、その内側に唇を寄せた。

「許してくれ」

低く囁き、柔らかく吸い上げる。離れたあとには、花弁のような薄紅がほんのりと浮かんでいた。

「……ったくもう」

小さな所有者の証を見て、琉生が大袈裟に嘆息する。だが戸倉を見上げるその顔には、呆れたような、嬉しそうな表情が浮かんでいた。

（了）

参考文献：
「局アナ」著／安住紳一郎　小学館
「ウドウロク」著／有働由美子　新潮文庫
「透明なゆりかご産婦人科医院看護師見習い日記」著／沖田×華　講談社
「日本テレビ系列アナウンス研修テキスト」より早口言葉

■あとがき■

ショコラ文庫さんでは初めまして、砂床（さとこ）あいです。

本作をお手に取っていただき、ありがとうございます。

編集さんから、「アイドルの主人公で芸能界もの」とリクエストされたときにはどうしようかと思いましたが、なんとか形にできてよかったです。個人的には「顔がいい」だけでも充分、人を好きになる動機としてありなのでは？　と思うのですが、小説となるとそうもいかないので、また主人公をつらい目に遭わせてしまいました。

実を言うと、私にはアイドルに熱狂したり追いかけた経験がなくてですね…プロットの段階から色々と観たり聞いたりして猛勉強したのですが、夢を追って頑張っている生身の若者たちって眩しいですね。ファンはこの光に魅せられて応援したくなるんだな、としみじみ思いました。インターネットが普及したいまの時代、（たとえそれが事実でないとしても）一度ついてしまったイメージは払しょくしがたいもの。やさぐれて言動が幼かった琉生（るい）も心を入れ替えたので、ファンがついて応援して貰えるといいなと思います。

そして今回、私にしては珍しく、生まれついてのエリートではない攻です。大人の男を目指したつもりですが、いかがだったでしょうか。

実は、この本の取材のために、私は初めてBL作家であることをリアル友人（現役アナウンサー）に打ち明けました。協力してくれたN女史と関係者の皆様には感謝しかありません。タイトルまで相談に乗ってくれてありがとう。

最後になりましたが、刊行にあたり、お世話になった方々にお礼を申し上げます。

挿絵をご担当いただきましたCiel先生。素敵なふたりをありがとうございました。表紙ラフを拝見した瞬間に、難航していたタイトルが決まったので本当に感謝しています。

そして前担当編集H様と現担当編集O様。なかなか体調が戻らず、ご迷惑をおかけして申し訳ありません。色々とお気遣いいただき、ありがとうございました。

最後になりましたが、一番の感謝は読者様へ。ここまで読んでいただき、ありがとうございました。紙の本の刊行は、少し間が空いてしまいましたが、少しでも楽しんでいただければ嬉しいです。新しい生活様式が定着しつつありますが、どうか皆さま、安全と健康には充分ご留意くださいね。

２０２１年　月見月　砂床あい

初出
「本番、5秒前」「アイドルの夜と朝」書き下ろし

この本を読んでのご意見、ご感想をお寄せ下さい。
作者への手紙もお待ちしております。

あて先
〒171-0014 東京都豊島区池袋2−41−6 第一シャンボールビル 7階
(株)心交社　ショコラ編集部

本番、5秒前

2021年9月20日　第1刷

著　者:砂床あい
発行者:林 高弘
発行所:株式会社　心交社
〒171-0014 東京都豊島区池袋2−41−6
第一シャンボールビル 7階
(編集)03-3980-6337 (営業)03-3959-6169
http://www.chocolat_novels.com/
印刷所:図書印刷 株式会社

ニコラと花咲く国の暴君

S・i

イラスト・伊東七つ生

国を追われた王子を癒したのは、楽園のように美しい島と、粗野で不器用な王の愛。

庶子のため王子でありながら修道院でひっそり暮らしていたニコラは、兄に命を狙われ国を脱出する。だが船が嵐に遭い、植物を操る力を持つ不思議な人々の島・アマネアに辿り着いた。王の一人であるランドは美しいが粗野で横暴な男で、ニコラに植物を盗んだという罪を着せて島に足止めする。処刑されることも覚悟したニコラだが、意外にもランドは虚弱なニコラに薬や食べ物を与え、アマネアに馴染めるよう面倒を見てくれて…。